ЧЕМ ЛЮДИ ЖИВЫ

푸 른 숲
징 검 다 리
클 래 식
0 2 4

사람은 무엇으로 사는가

ЧЕМ ЛЮДИ ЖИВЫ

레프 N. 톨스토이 지음
박형규 옮김

푸른숲주니어

'푸른숲 징검다리 클래식'을 펴내며

어린 시절, 할머니께서 조근조근 들려주시던 옛날이야기는 새로운 세상과 통하는 작은 창이었다. 상상의 날개를 달고 떠나는 창 너머 세상으로의 여행은 들어도 들어도 질리지 않는 재미와 마음속 깊은 곳을 울리는 감동을 선사해 주곤 했다. 그뿐 아니라 우리의 삶을 어떻게 꾸려 가야 하는지 곰곰이 생각해 보게 하는 지혜를 가르쳐 주었다. 말하자면 우리는 그 이야기들을 통해 '삶'을 배운 셈이다.

우리가 문학 작품을 읽어야 하는 까닭 또한 '삶을 배운다'는 점에서 크게 다르지 않다. 우리는 한 편 한 편의 문학 작품을 만나 사랑을 배우고, 우정을 배우고, 진실을 배우고, 지혜를 배운다.

그런 점에서 '푸른숲 징검다리 클래식'은 참 의미가 깊다. 오랜 세월을 거치며 각 나라의 문학사에 확고히 자리매김한 작품들을 한데 모았기 때문이다. 문학을 사랑하는 사람들이 즐겨 읽어 세계적인 명저로 일컬어지는 작품들……. 이를테면 우리 부모 세대, 아니 그 이전 세대부터 즐겨 읽었던 작품들로 많은 이들에게 삶의 의미와 가치를 일러주고, 또 '인생'이란 망망대해에서 등대 역할을 담당했던 것들이다.

세월이 흘러 사람들이 사는 모습도 달라지고 생각도 달라졌다. 그러나 시대와 장소를 뛰어넘어 변하지 않는 것이 있다. 바로 '삶'이다. 사람이 있는 곳이라면 어디든지 존재하는 삶은 항상 저마다의 무게를 떠안고 있다. 그 무게는 진실이라는 옷을 입고 문학 작품 속에 영원한 생명을 불어넣는다. 우리는 그것을 '고전'이라 부른다.

그러나 제아무리 훌륭한 고전이라 해도 독자가 읽고 소화할 수 없다면 아무런 소용이 없다. 지나치게 방대한 분량과 길고 어려운 문장은 책을 읽으려는 청소년들의 의지를 꺾을 뿐 아니라 좌절감마저 불러일으킨다.

'푸른숲 징검다리 클래식'은 바로 그러한 점을 염두에 두고 기획된 세계 명작 시리즈이다. 작품이 본디 지닌 맛과 재미를 고스란히 살리면서 우리 청소년들이 읽고 소화하기 쉽게 글을 다듬었다.

그리고 본문 뒤에는 현직 국어 교사들이 직접 쓴 해설을 붙였다. 작가나 작품에 대한 풍부한 설명은 물론, 그 작품들이 지니고 있는 현재적 의미까지 상세하게 짚어 보이고 있다. 아울러 해설 곳곳에 관련 정보를 담은 팁과 시각 자료를 배치해, 읽는 재미를 넘어 보는 재미까지 만끽할 수 있도록 했다.

아무쪼록 '푸른숲 징검다리 클래식'을 통해 우리 청소년들의 삶이 더욱더 깊고 풍성해지기를…….

2006년 4월

기획위원 강혜원·계득성·전종옥·송수진

| 차례 |

제 1 편

사람은 무엇으로 사는가

우리는 우리의 형제들을 사랑하기 때문에 이미 죽음을 벗어나서 생명의 나라에 들어와 있는 것이 분명합니다. 사랑하지 않는 사람은 죽음 속에 그대로 머물러 있는 것입니다.

—요한의 첫째 편지, 제3장 14절

누구든지 세상의 재물을 가지고 있으면서 자기의 형제가 궁핍한 것을 보고도 마음의 문을 닫고 그를 동정하지 않는다면, 어떻게 그에게 하느님을 사랑하는 마음이 있다고 하겠습니까?

—요한의 첫째 편지, 제3장 17절

사랑하는 자녀들이여, 우리는 말로나 혀끝으로 사랑하지 말고 행동으로 진실하게 사랑합시다.

—요한의 첫째 편지, 제3장 18절

사랑하지 않는 사람은 하느님을 알지 못합니다. 하느님은 사랑이시기 때문입니다.

—요한의 첫째 편지, 제4장 8절

아직까지 하느님을 본 사람은 없습니다. 그러나 우리가 서로 사랑한다면 하느님께서는 우리 안에 계시고, 또 하느님의 사랑이 우리 안에서 이미 완성되어 있는 것입니다.

—요한의 첫째 편지, 제4장 12절

우리는 하느님께서 우리에게 베푸시는 사랑을 알고 또 믿습니다. 하느님은 사랑이십니다. 사랑 안에 있는 사람은 하느님 안에 있으며, 하느님께서는 그 사람 안에 계십니다.

—요한의 첫째 편지, 제4장 16절

하느님을 사랑한다고 하면서 자기의 형제를 미워하는 사람은 거짓말쟁이입니다. 눈에 보이는 형제를 사랑하지 않는 자가 어떻게 보이지 않는 하느님을 사랑할 수 있겠습니까?

—요한의 첫째 편지, 제4장 20절

1

어떤 구두장이가 아내와 자식을 데리고 한 농가에 세들어 살고 있었다. 그는 집도 땅도 가진 게 없었으며, 구두를 만들고 고쳐서 그 품삯으로 살아가고 있었다. 그런데 곡물은 비싸고 품삯은 헐했기 때문에 버는 것은 모조리 먹어 치울 수밖에 없었다. 구두장이와 아내는 둘이서 같이 입는 모피 외투를 가지고 있었는데, 그것도 다 해져서 누더기가 돼 버렸다. 그래서 구두장이는 벌써 이 년째나 새 모피 외투를 만들기 위해 양가죽을 사야겠다고 벼르고 있었다.

가을이 되자 구두장이는 약간의 여유가 생겼다. 3루블짜리 지폐가 아내의 궤 속에 있었고, 또 마을 농부들에게 꾸어 준 돈이 약 5루블 20코페이카가량 있었다.

어느 날 구두장이는 아침 일찍부터 양가죽을 사려고 마을에 갈 채비를 했다. 아침밥을 먹은 뒤, 루바슈카(러시아 남자들이 입는 블라우스 풍의 상의—옮긴이) 위에다 솜을 둔 아내의 난징 무명 외투를 껴입고 그 위에 긴 나사 외투를 걸쳤다. 그리고 3루블짜리 지폐를 주머니에 넣은 다음, 나뭇가지 하나를 꺾어 지팡이 삼아 길을 나서며 속으로 생각했다.

'농부들에게서 5루블을 받고 이 3루블을 보태어 모피 외투를 지을 가죽을 사리라.'

구두장이는 마을에 당도하여 어느 농부의 집을 찾아갔다. 그런데 주인이 없었다. 농부의 아내는 일주일 안으로 주인 편에 돈을 보내겠다고 약속할 뿐 한푼도 갚지 않았다. 구두장이는 또 다른 농부에게로 갔다. 그 농부는 돈이 한푼도 없다고 잘라 말하고는 장화를 고친 값으로 20코페이카를 줄 뿐이었다. 구두장이는 할 수 없이 양가죽을 외상으로 사려고 했으나, 가죽 장수는 그를 믿지 못하겠는지 외상을 주려고 하지 않았다.

"돈을 가지고 와요. 그러고 나서 마음대로 고르세요. 외상이라는 게 얼마나 받기 어려운 건지 우리넨 너무 잘 알거든요."

결국 구두장이는 구두를 고친 값으로 간신히 20코페이카를 받고, 다른 농부에게서 낡은 펠트(양털이나 그 밖의 짐승 털에 습기와 열을 가하여 눌러 만든 두꺼운 천 모양의 물건. 모자나 신발, 양탄자를 만드는 일에 쓰인다.—옮긴이) 화에 가죽을 대어 꿰매는 일을 맡았을 뿐이었다.

구두장이는 속이 상해서 20코페이카를 몽땅 털어 보드카를 마셔 버리고 모피 외투도 없이 집을 향해 걸어갔다. 처음에는 조금 추운 것 같았지만, 보드카를 한 잔 마시자 모피 외투 따윈 입지 않아도 될 만큼 몸이 후끈거렸다. 구두장이는 길을 걸었다. 한쪽 손으로는 울퉁불퉁하게 언 땅을 지팡이로 두드리고, 다른 쪽 손으로는 펠트 화를 휘두르면서 혼잣말을 했다.

"모피 외투 같은 거 입지 않아도 따습기만 하군. 한 잔 들이켰더니 온몸의 피가 요동을 치는구먼. 모피 외투 따윈 필요 없다고. 슬픔 따윈 깡그리 잊고 이렇듯 느긋하게 걷고 있잖아. 난 이런 사나이라고! 내가 어때서? 모피 외투 따윈 없어도 살 수 있어. 그런 건 한평생 필요 없단 말이야. 다만 마누라가 가만있지 않을 텐데……. 그게 속상할 뿐이지. 나는 그자를 위해서 일해 주었는데 그자는 날 아주 깔본단 말이야. 어디 두고 보자, 너! 이번에도 돈을 갖고 오지 않으면 모자를 잡아 벗기고 말 테다. 아암, 그러고말고. 이게 도대체 어떻게 된 노릇이야? 20코페이카씩 찔끔찔끔 주다니! 흥, 20코페이카로 대체 뭘 할 수 있단 말인가? 술이나 마실밖에. 그래, 너만 곤란하고, 나는 곤란하지 않다는 말이냐? 너는 집도 있고 가축도 있고……, 그 외에도 많은 것을 갖고 있지만 나는 알몸뚱이 하나밖에 가진 게 없다. 넌 네 곡식도 가지고 있지만 나는 일일이 돈을 내고 사야 한단 말이야. 일주일 동안 먹는 빵값만 해도 3루블은 치러야 돼. 집에 돌아가면 빵도 다 떨어졌으니 또 1루블 반은 내놔야겠구먼. 그러니까 이번엔 꼭 내 돈을 갚아 줘야겠어."

이윽고 구두장이는 길모퉁이의 공소(公所, 가톨릭교에서 특정 본당(本堂)에 속하는 공식적 교회 단위로, 주임 신부가 상주하지 않는 지역 신자들의 모임이나 그 장소—옮긴이) 근처까지 왔다. 공소 뒤에 무엇인가 허연 것이 보였다. 구두장이는 찬찬히 살펴보았지만, 이미 날이 저물고 있어서 무엇인지 알아볼 수가 없었다.

'여기에 돌 같은 건 없었는데……. 가축인가? 가축 같지도 않

고. 머리 모양은 꼭 사람 같은데 사람치곤 너무 하얗군. 그리고 이런 데 사람이 있을 리가 없지.'

그는 좀 더 가까이 다가가 보았다. 그제야 물체가 똑똑히 보였다. 그런데 이게 웬일인가. 사람은 사람인데 살았는지 죽었는지, 알몸으로 공소의 벽에 기대어 앉은 채 꼼짝도 하지 않았다. 구두장이는 별안간 무서운 생각이 들었다.

"누군가가 사람을 죽인 뒤 옷을 벗겨 여기다 버린 게야. 너무 바짝 다가갔다가는 나중에 무슨 변을 당할지 모르겠군."

구두장이는 그곳을 얼른 지나쳐 갔다. 공소의 모퉁이를 돌자, 그 사람의 모습이 더 이상 보이지 않았다. 구두장이는 슬그머니 뒤를 돌아다보았다. 순간 그 사람이 공소의 벽에서 얼마쯤 떨어져 나와 꼼지락거리는 것이 보였다. 어쩐지 이쪽을 보고 있는 것만 같았다. 구두장이는 간이 철렁 내려앉는 듯했다.

'가까이 가 볼까, 그냥 지나쳐 갈까? 혹시 갔다가 무슨 봉변이라도 당하면 큰일이지. 저놈이 누군지도 모르잖아. 어차피 좋은 일을 하고서 이런 데 왔을 리는 없겠고. 가까이 가기가 무섭게 덤벼들어서 나를 목 졸라 죽일지도 몰라. 그렇게 되면 꼼짝없이 죽고 말겠지. 설령 목 졸라 죽이지는 않는다손 치더라도 오랜 시간 실랑이질을 할 거야. 저 벌거숭이 사나이를 어쩐다? 내가 입고 있는 것을 홀랑 벗어 줄 수도 없고……. 에이, 그냥 지나쳐 가자. 제기랄, 알 게 뭐야!'

구두장이는 이렇게 생각하면서 걸음을 재촉했다. 그런데 공소 앞을 거의 다 지나칠 때쯤 되자, 서서히 양심이 깨어나기 시작했다.

구두장이는 길 한복판에서 걸음을 멈추고 혼잣말을 했다.

"도대체 너는 뭘 하는 거냐, 세묜? 사람이 재난을 만나 죽어 가고 있는데, 겁을 집어먹고 슬쩍 도망치려고 하느냐? 네가 뭐 큰 부자라도 되는 줄 아느냐? 가진 물건이라도 빼앗길까 봐 겁이 나는 거냐? 세묜, 그건 바른 생각이 아니다!"

세묜은 곧장 되돌아서서 그 사람에게 다가갔다.

2

세묜은 그 사람의 모습을 자세히 살펴보았다. 아직 젊은 사람이어서 기운이 세어 보일 뿐 아니라 얻어맞은 자국 같은 것도 눈에 띄지 않았다. 다만 몸이 꽁꽁 얼어붙어서 그런지 하얗게 질려 있었다. 그 사람은 계속해서 벽에 기대앉아 있을 뿐, 세묜 쪽은 돌아보려고도 하지 않았다. 쇠약해질 대로 쇠약해져 눈을 뜰 수조차 없는 것 같았다.

더 가까이 다가가자, 그제야 제정신이 드는 듯 고개를 돌리고 눈을 떠 세묜을 바라보았다. 세묜은 그 사람의 시선이 마음에 들었다. 그래서 펠트 화를 땅바닥에 내동댕이치고 허리띠를 끄른 다음 외투를 벗었다.

"긴 얘긴 필요 없어! 자아, 이걸 입어요! 어서!"

세묜은 그 사람을 부축하여 일으켰다. 그는 몸이 아주 깨끗한데다 손도 발도 거칠지 않았으며 자못 귀여운 얼굴을 하고 있었다. 그의 어깨에 외투를 걸쳐 주려 했으나 팔이 소매 속으로 잘 들어가지 않았다. 두 팔을 간신히 끼운 후, 옷자락을 잡아당겨서 앞을 여며 준 다음 허리띠를 매어 주었다.

세묜은 찢어진 모자를 벗어 벌거숭이인 그 사람에게 씌워 주려고 하다가, 자신의 머리가 썰렁한 듯하자 도로 덮어쓰며 속으로 중얼거렸다.

'나는 민머리지만 이자의 살쩍(관자놀이와 귀 사이에 난 털—옮긴이)은 길고 곱슬곱슬하잖아. 그렇다면 모자보다도 신을 신겨줘야겠군.'

구두장이는 그를 일으켜 앉힌 뒤 펠트 화를 신겼다. 그러고는 이렇게 말했다.

"이제 됐다. 자아, 이번엔 좀 움직이게 해서 언 몸을 녹여야지. 뒷일은 내가 걱정하지 않더라도 다른 사람이 알아서 처리해 줄 거야. 자네, 걸을 수 있나?"

그 사람은 감격한 듯한 표정으로 세묜의 얼굴을 멀거니 바라보았다. 하지만 말은 한 마디도 하지 않았다.

"왜 말을 하지 않는 거야? 이런 데서 겨울을 날 셈인가? 집으로 돌아가야지. 자, 여기 내 지팡이가 있으니까 몸이 말을 안 듣거든 이걸 짚어요. 자, 힘을 내요. 어서!"

그러자 그는 걷기 시작했다. 조금도 뒤처지지 않고 잘 걸었다.

두 사람이 길을 걷기 시작했을 때 세묜이 말했다.

"자네, 대체 어디서 왔나?"

"나는 이 고장 사람이 아닙니다."

"이 고장 사람이라면 내가 다 알지. 그래, 왜 이런 데까지 오게 되었나? 공소 근처까지 말이야."

"그건 말씀드릴 수 없습니다."

"틀림없이 나쁜 놈들이 이런 짓을 했겠지?"

"아닙니다. 신의 벌을 받았을 뿐입니다."

"그야 물론 모두 다 신의 뜻임에는 틀림없어. 그건 그렇고 어디 가서 몸을 안정시켜야 할 텐데……. 자네, 어디로 갈 건가?"

"어디든 마찬가집니다."

세묜은 깜짝 놀랐다. 불한당 같지도 않고 말씨도 공손한데 신상 이야기를 전혀 하려고 하지 않았다.

'그야 물론 세상에는 말 못할 일도 많기는 하지.'

세묜은 속으로 이런 생각을 하며 그에게 말했다.

"어때, 우리 집으로 가는 게? 거기 가면 불을 쬘 수 있어."

세묜은 집을 향해 걸었다. 그 사람은 한 발짝도 뒤떨어지지 않고 나란히 따라 걸었다. 찬바람이 세묜의 루바슈카 밑으로 스며

들었다. 차차 술이 깨면서 추위가 느껴졌다. 세묜은 코를 훌쩍거리며 몸에 걸친 아내의 외투 앞섶을 여미고 걸으면서 생각했다.

'아니, 내가 지금 무슨 짓을 하고 있담. 모피 외투를 마련하러 갔다가 외투도 없애고 벌거숭이까지 거느리게 됐으니. 이거 마트료나가 보면 야단일 텐데!'

마트료나를 생각하자 금세 마음이 우울해졌다. 그러나 옆의 나그네가 공소 뒤에서 자기를 쳐다보던 시선을 떠올리자 마음이 한결 유쾌해졌다.

3

세묜의 아내 마트료나는 일찌감치 일을 마쳤다. 장작을 패고 물을 긷고 아이들과 함께 저녁 식사를 끝마치고, 그리고 생각에 잠겼다.

'빵을 굽는 일을 오늘 할까, 내일로 미룰까. 아직 큰 조각이 하나 남아 있긴 한데……. 세묜이 거기서 점심을 먹고 온다면 저녁은 그리 많이 먹지 않겠지. 그렇게 되면 내일 먹을 빵은 이것으로 충분해.'

마트료나는 큰 빵 조각을 이리저리 만지작거리며 생각했다.

'오늘은 빵을 굽지 말아야겠다. 밀가루도 한 번 구울 분량밖에 남지 않았으니, 이걸로 금요일까지 버티는 게 좋겠어.'

마트료나는 빵을 치우고 테이블 옆에 앉아 남편의 루바슈카를 깁기 시작했다. 바느질을 하면서 남편이 어떤 양가죽을 사올까만 줄곧 생각했다.

'모피 장수에게 속아 넘어가지는 않았겠지. 그래도 사람이 워낙 좋으니 알 수 없어. 그이는 남을 조금도 속이지 못하지만 어린아이라도 그이를 속여먹는 것쯤은 문제없으니 말이야. 8루블이라면 큰 돈이니까 좋은 모피 외투를 만들 수 있겠지. 비록 최고급은 아닐지라도 모피 외투를 장만할 수는 있어. 작년 겨울에는 모피 외투가 없어서 얼마나 고생을 했던지! 강엘 갈 수가 있었나, 산엘 갈 수가 있었나. 지금도 그렇지, 그이가 옷이란 옷은 모조리 입고 나가 버리니까 난 걸칠 것도 없잖아. 그리 일찍 떠난 건 아니지만 이제 올 때가 됐는데……. 혹시 이 양반이 또 술타령을 하고 있는 건 아닐까?'

마트료나가 거기까지 생각한 순간, 입구 층계가 삐걱거리면서 누군가가 들어오는 소리가 났다. 마트료나는 바늘겨레에 바늘을 꽂은 다음 입구 쪽으로 나갔다. 그런데 두 사람이 걸어 들어오는 것이 아닌가. 세묜 옆에는 낯선 젊은이가 맨발에 펠트화를 신고 모자도 없이 서 있었다.

마트료나는 남편의 술 냄새를 맡고 속으로 중얼거렸다.

'역시 마시고 왔구나.'

실제로 남편은 외투도 없이 속옷 바람인 데다가, 손에는 아무것도 들지 않은 채 말없이 얼굴을 찌푸리고 있었다. 마트료나는 화가 치밀어 올랐다.

"그 돈으로 몽땅 마셔 버린 게 틀림없어. 알지도 못하는 건달하고 퍼 마시고 한 술 더 떠서 그 작자를 집까지 끌고 왔구먼."

마트료나는 두 사람을 앞세우고 뒤를 따라 들어가다, 생판 모르는 젊고 빼빼 마른 사람이 입고 있는 외투가 바로 자기네 것임을 알아차렸다. 외투 밑에는 셔츠를 입은 것 같지도 않았으며 모자를 쓰고 있지도 않았다. 집 안으로 들어온 젊은이는 그냥 그 자리에 선 채 움직이지도 않고 눈을 쳐들지도 않았다. 그래서 마트료나는 필경 무슨 잘못을 저질러서 겁을 내고 있는 것이려니 하고 생각했다.

마트료나는 얼굴을 잔뜩 찡그린 채 페치카(난방 장치 중 한 가지. 돌이나 벽돌·진흙 따위로 벽에 붙여 만든 것으로, 러시아를 비롯한 추운 지방에 많음—옮긴이) 쪽으로 떨어져 서서 두 사람의 거동을 살폈다. 세묜은 모자를 벗고 태연한 표정으로 의자에 앉았다.

"여보, 마트료나, 식사 준빌 부탁해요!"

마트료나는 입 속으로 무엇이라고 중얼거리며 페치카 옆에 선 채 움직이려고도 하지 않았다. 두 사람을 번갈아 쳐다보며 고개를 갸웃거릴 뿐이었다. 세묜은 아내가 화난 것을 보고도 어찌할 수가 없어 모른 체하고 나그네의 손을 잡았다.

"자, 앉아요. 저녁을 먹어야지."

나그네는 의자에 앉았다.

"그래, 아무것도 마련하지 않았어?"

마트료나는 화가 났다.

"왜 안 해요? 하긴 했지만 당신을 위해서가 아니에요. 보아하니 당신은 지혜마저 홀랑 마셔 버린 모양이군요. 모피 외투를 마련하러 간다더니, 모피 외투는커녕 입던 외투까지 없앤 데다 그 빨가숭이 부랑자까지 데리고 오다니……. 당신네들 주정뱅이에게 줄 저녁은 없어요."

"그만, 마트료나. 쓸데없이 함부로 혀를 놀리는 게 아냐! 먼저 어떤 사람인지 물어보아야지."

"그건 아무래도 좋아요. 그래, 돈은 어디 있어요? 말해 봐요."

세묜은 외투 주머니를 뒤진 뒤 지폐를 꺼내어 펴 보였다.

"여기 있잖아. 트리포노프가 주지 않더군. 내일은 꼭 주겠다고 약속하긴 했지만."

마트료나는 더욱더 화가 치밀었다. 모피 외투를 지을 양가죽도 사지 않고, 단 하나밖에 없는 외투를 얼굴도 모르는 벌거숭이에게 입혀 가지고 집으로 끌고 오다니. 마트료나는 테이블 위에서 지폐를 집어 숨기려고 가지고 가며 말했다.

"아뇨, 저녁은 없어요. 벌거숭이 술주정뱅이들에게 누가 밥을 준다 그래요?"

"여보, 마트료나, 제발 말 좀 삼가요. 먼저 내 말 좀 들어 보라니까……."

"당신 같은 멍청한 주정뱅이에게서 내가 무슨 말을 들어야 한다는 거예요? 처음부터 당신 같은 술꾼하고 결혼하고 싶지 않았던 게 다 이유가 있었던 거예요. 어머니가 주신 피륙도 당신이 술값으로 없애 버렸잖아요. 모피 외투를 지을 양가죽을 사러 간다더니 그것마저 다 술 마시는 데 써 버리고 오다니!"

세몬은 아내에게 자기가 마신 것은 고작 20코페이카뿐이라는 것을 설명하고, 젊은이를 데리고 온 경위를 밝히려 했다. 그러나 마트료나는 더 이상 말을 잇지 못하게 했다. 어디서 쏟아져 나오는지, 단번에 두 마디씩을 지껄여 댔다. 십 년도 더 지난 일까지 들추어 내면서.

마트료나는 욕설을 마구 퍼부으면서 세몬의 곁으로 달려가 옷소매를 움켜잡았다.

"자, 내 옷을 돌려줘요. 하나밖에 없는 내 옷을 뺏어 입고 염치도 좋지. 빨리, 이리 벗어 놔요. 못난 인간 같으니! 중풍에 걸려 죽기나 하지!"

세몬이 아내의 무명 외투를 벗으려 하는 순간, 한쪽 소매가 뒤집어져 버렸다. 그때 아내가 그것을 잡아당기는 바람에 솔기가 뿌지직 뜯겨 나갔다. 마트료나는 외투를 움켜쥐고 머리 위에 둘러쓰며 문께로 달려갔다. 그리고 밖으로 나가 버리려고 하다가 발을 멈췄다. 불현듯 부아가 사라져 버린 것이었다. 그녀는 악의를 품지 않고 그 젊은이가 누구인지 알아보고 싶어졌다.

4

마트료나는 그 자리에 멈추어 선 채 이렇게 물었다.

"온전한 사람이라면 벌거숭이로 있을 리가 없어요. 그런데 이 사람은 셔츠도 입고 있지 않잖아요. 당신이 나쁜 짓을 하지 않았다면 어디서 이런 멋쟁이를 데리고 왔는지 왜 말을 못하는 거죠?"

"내, 말하지 않았소? 집으로 돌아오는 길에 보니, 이 사람이 알몸으로 얼어붙은 채 공소 벽에 기대앉아 있었단 말이오. 글쎄, 여름도 아닌데 실오라기 하나 걸치지 않은 벌거숭이가 아니겠소! 마침 신이 도와서 내가 그리로 지나왔으니 망정이지, 그렇지 않았더라면 얼어 죽고 말았을 거요. 살아가노라면 언제 무슨 일을 당할지 누가 알겠소! 그래, 외투를 입혀서 집으로 데리고 왔지. 마트료나, 당신도 이쯤에서 그만해 두고 마음을 가라앉혀요. 누구든 한 번은 죽는 거니까."

마트료나는 다시 욕설을 퍼부으려고 하다가 낯선 사나이의 얼굴을 보자 말문이 막혀 버렸다. 나그네는 죽은 듯이 앉아 있었다. 의자 끝에 앉은 채 꼼짝도 하지 않았다. 두 손을 무릎 위에 올려놓고 목을 가슴께로 떨어뜨리고서, 눈도 뜨지 않은 채 무엇인가가 목을 조르기라도 하는 듯 사뭇 얼굴을 일그러뜨리고 있었다.

마트료나가 입을 다물자 세묜이 말했다.

"마트료나, 당신에겐 하느님도 없소?"

그의 말을 듣고 마트료나는 다시 한 번 나그네를 쳐다보았다. 그러자 차츰 기분이 가라앉았다. 그녀는 문 앞에서 발길을 돌려, 한쪽 구석에 있는 페치카로 가서 저녁 식사를 준비하기 시작했다. 찻잔을 테이블 위에 놓고 크바스(러시아 인의 음료로, 귀리와 엿기름으로 만든 맥주의 일종—옮긴이)를 따른 다음 남은 빵을 잘라 내놓았다. 그리고 나이프와 스푼을 놓으면서 말했다.

"자, 식사하세요."

세묜은 나그네를 테이블 쪽으로 밀었다.

"앉아요, 젊은이."

세묜은 빵을 크게 자른 다음, 잘게 부숴 둘이서 먹기 시작했다. 마트료나는 테이블 한쪽 끝에 앉아서 턱을 괸 채 나그네를 바라보았다.

이 젊은 나그네가 가엾다는 생각이 들면서 좋아지기 시작했다. 그러자 갑자기 나그네가 기쁜 듯한 표정을 짓더니, 찡그렸던 얼굴을 펴고 마트료나 쪽으로 눈길을 돌려 싱긋 웃었다.

식사가 끝나자 마트료나는 테이블 위를 치우며 나그네에게 물었다.

"당신은 도대체 어디 사람이죠?"

"나는 이 고장 사람이 아닙니다."

"그런데 왜 그 길바닥에 있었죠?"

"그건 말할 수 없습니다."

"누가 당신을 그렇게 홀랑 벗겨 놓았나요?"

"나는 신의 벌을 받았습니다."

"그래서 벌거숭이가 되어 길에 누워 있었단 말예요?"

"네, 그래서 알몸뚱이로 누워 있다가 얼어 죽을 뻔했던 겁니다. 그것을 세묜이 보고 가엾게 생각하여 입고 있던 외투를 벗어서 내게 입히고 집으로 같이 가자고 했던 거죠. 또 여기 오니까 아주머니가 나를 불쌍히 여겨 먹고 마실 것을 내어 주었습니다. 당신들에게 신의 은총이 내릴 겁니다!"

마트료나는 일어서서 방금 기워 놓았던 세묜의 낡은 셔츠를 창턱에서 가져다가 나그네에게 건네주었다. 그리고 바지도 찾아내서 주었다.

"자, 이걸 입고 어디든 마음에 드는 자리에 누워서 자요. 벽 쪽의 침대 위에서나 페치카 위에서나."

나그네는 외투를 벗고 셔츠를 입은 다음 벽 쪽의 침대 위에 몸을 뉘었다. 마트료나는 등불을 끄고 외투를 집어 남편에게로 갔다. 외투 자락을 덮고 누웠으나 잠이 오지 않았다. 나그네가 머릿속에서 떠나지 않았다.

그가 마지막 남았던 한 조각의 빵을 다 먹어 버려서 내일 먹을 빵이 없다는 사실과 셔츠랑 바지를 주어 버린 일을 생각하니 아쉬운 마음이 들지 않는 것도 아니었다. 그러나 그가 싱긋 웃던 것을 생각하니 기분이 밝아졌다.

마트료나는 오래도록 잠을 이루지 못했다. 세묜도 역시 잠들지 못하고 연신 외투 자락을 잡아당기곤 했다.

"세묜!"

"응?"

"남은 빵을 다 먹어 버렸는데 반죽을 해 두지도 않았으니 내일은 어떻게 한담. 이웃에 사는 마라냐 대모한테 가서 좀 꾸어 달랠까?"

"산 입에 거미줄이야 치려고."

마트료나는 가만히 드러누운 채 잠시 동안 아무 말도 하지 않았다.

"그런데 저 사람, 나쁜 사람은 아닌 것 같은데 왜 신상 이야기를 하지 않을까요?"

"아마 말 못할 사정이 있겠지."

"세묜!"

"음?"

"우리는 남을 도와주는데, 남들은 왜 우리를 도와주지 않는지 모르겠어요."

세묜은 뭐라고 대답해야 좋을지 몰랐다. 그래서 "뭘 자꾸 따지는 거요?" 하고 퉁을 주고는 획 돌아누워 그냥 잠들어 버렸다.

5

이튿날 아침, 세묜은 잠에서 깨어났다. 아이들은 자고 있었고 아내는 이웃집에 빵을 꾸러 갔다. 어제의 그 나그네는 낡은 셔츠와 바지를 입은 채 의자에 앉아 천장을 바라보고 있었다. 그의 얼굴은 어제보다 한결 밝아 보였다.

세묜이 말했다.

"어때, 젊은이? 뱃속에선 빵을 요구하고 알몸뚱이는 옷을 원하니 벌이를 해야 하지 않겠나? 자네, 무슨 일을 할 줄 아나?"

"나는 아무것도 할 줄 모릅니다."

세묜은 속으로 깜짝 놀랐지만 아무렇지도 않은 듯한 표정을 지으며 말했다.

"할 마음만 있으면 되는 거야. 사람은 무엇이든지 배워서 익히면 돼."

"모두 일을 하는데 나도 해야지요."

"자네 이름을 뭐라 부르지?"

"미하일입니다."

"이봐, 미하일. 자네는 신상 이야기를 하고 싶지 않은 모양인데 그건 아무래도 좋아. 굳이 듣고 싶은 것도 아니니까. 하지만 밥벌이는 해야 해. 내가 시키는 일을 하면 자네에게 먹을 것을 주겠네."

"고맙습니다. 열심히 배우고 익히겠습니다. 뭐든지 가르쳐 주십시오."

세묜은 실을 집어 손가락에 감고 꼬기 시작했다.

"그다지 어려운 건 아냐. 자, 보라고……."

미하일은 그것을 들여다보더니 금방 배워, 그와 마찬가지로 손가락에 실을 감아 꼬았다. 그 다음에는 꼰 실을 찌는 법을 가르쳤는데, 그 일도 여간 잘하지 않았다. 이윽고 주인이 빳빳한 털을 바늘에 비틀어 넣은 뒤 꿰매는 법을 시범 보이자 그것도 금방 배워서 따라 하였다.

미하일은 어떤 일을 가르치든 금세 배워서 잘 따라 했기 때문에 사흘 후에는 본격적으로 일을 하게 되었다. 마치 이제까지 구두를 쭉 꿰매 온 것 같은 솜씨였다. 허리를 펼 사이도 없이 부지런히 일만 하고 식사는 조금밖에 하지 않았다.

한가할 때는 잠자코 천장만 쳐다보았다. 밖으로 나가지도 않고 농담을 하지도 않고 웃음을 짓지도 않았다.

미하일이 싱긋 웃은 것은 처음 만났던 날 저녁, 세묜의 아내가 저녁 식사를 준비해 주었을 때뿐이었다.

6

하루하루가 가서 일주일이 지나고, 일 년이라는 세월이 흘렀다. 미하일은 여전히 세묜의 집에 살면서 일을 했는데, 오래지 않아 동네에 소문이 자자하게 퍼졌다. 세묜의 일꾼 미하일만큼 모양 좋고 단단한 구두를 짓는 사람이 없다는 소문이 돌고 나서, 주문이 엄청나게 밀려들었다. 덕분에 세묜의 수입은 점점 늘어 갔다.

어느 겨울날의 일이었다. 세묜이 미하일과 마주앉아서 일을 하고 있는데, 방울을 단 삼두 썰매가 이쪽으로 다가오고 있었다. 창문으로 내다보니 그 썰매가 바로 가게 앞에 멈춰 섰다. 그리고 젊은 사람이 마부석에서 뛰어내려 썰매의 문을 열자, 그 안에서 모피 외투를 입은 신사가 한 명 나왔다.

신사는 세묜의 가게로 오더니 입구의 층계를 걸어 올라갔다. 마트료나는 얼른 뛰어나가 문을 활짝 열었다. 그가 몸을 굽히고 안으로 들어온 뒤 허리를 쭉 펴자, 머리가 천장에 닿을락 말락 하였다. 방 안이 마치 그 신사의 몸뚱이로 꽉 찬 것 같았다.

세묜은 인사를 하려고 일어섰다가 신사의 큰 몸집을 보고는 입을 쩍 벌렸다. 이런 사람은 이제까지 한 번도 본 적이 없었다. 세묜은 살집이 없는 편인 데다 미하일도 깡마른 편이고, 마트료나 역시 마른 나무 조각처럼 비쩍 말라 있었다. 그런데 이 신사는 마치 다른 나라에서 오기라도 한 것처럼, 불그스레한 얼굴에

반들반들하게 윤기가 흐르고 목이 황소처럼 굵었다. 마치 몸뚱이 전체가 무쇠로 된 것만 같았다.

신사는 후욱 하고 숨을 크게 내쉬더니, 모피 외투를 벗고 의자에 앉았다.

"이 구두 가게의 주인이 누군가?"

세묜이 앞으로 나서며 말했다.

"제가 주인인뎁쇼, 나리."

신사는 자기가 데리고 온 하인에게 커다란 소리로 외쳤다.

"그걸 이리 가져와!"

하인이 달려가 보따리를 가지고 왔다. 신사는 보따리를 받아 테이블 위에 놓더니 이렇게 말했다.

"끌러라."

하인은 천천히 보따리를 끌렀다. 신사는 가죽을 손가락으로 찌르며 세묜에게 말했다.

"이것이 무슨 가죽인지 알겠나?"

"네. 알겠습니다, 나리."

"이봐, 이것이 무슨 가죽인지 안단 말인가?"

세묜은 가죽을 만져 보고 나서 대답했다.

"썩 좋은 가죽입니다."

"그야 물론 좋은 가죽이지! 바보 같으니라고. 자네는 이제까지 이런 가죽을 한 번도 보지 못했겠지. 독일산이야. 20루블이나 주었다고."

세묜은 겁을 집어먹고 조그마한 목소리로 말했다.

"저 같은 사람이 어찌 구경이나 했겠습니까?"

"그야 당연하지. 그래, 이 가죽으로 내 발에 꼭 맞는 장화를 지을 수 있겠나?"

"지을 수 있구말굽쇼, 나리."

신사는 그에게 느닷없이 소리를 버럭 질렀다.

"지을 수 있구말구? 너는 누구의 장화를 짓는지, 무슨 가죽으로 짓는지를 꼭 명심해야 해. 나는 일 년을 신어도 실밥이 터지지 않고 틀어지지 않는 장화를 원해. 그렇게 만들 수 있으면 맡아서 가죽을 재단하도록 해. 안 될 것 같으면 손도 대지 말고. 미리 말해 두겠는데, 만약 장화가 일 년도 되지 않아서 실밥이 터지거나 틀어지면 네 놈을 감옥에 처넣어 버릴 테다. 대신 일 년이 넘도록 실밥이 터지지도 않고 틀어지지도 않으면 공전으로 10루블을 주겠다."

세묜은 겁이 더럭 나서 대답할 말을 잃고 미하일 쪽을 흘낏 돌아다보았다. 그러고는 팔꿈치로 미하일을 툭 치면서 작은 목소리로 물었다.

"어떻게 하지? 맡을까?"

미하일은 마치 "그 일을 맡으십시오."라고 말하는 것처럼 고개를 약간 끄덕여 보였다. 세묜은 미하일의 고갯짓을 보고 일

년 동안 실밥이 터지지도 않고 틀어지지도 않아야 할 장화를 주문받았다.

신사는 하인을 큰 소리로 불러 장화를 벗기라고 한 뒤 다리를 쭉 뻗었다.

"치수를 재라!"

세묜은 10베르쉬오크(러시아의 길이 단위로, 1베르쉬오크는 약 4~5센티미터—옮긴이)의 종이를 잘라서 꿰맨 뒤 평평하게 폈다. 그러고는 두 무릎을 꿇고서 신사의 양말을 더럽힐세라 앞치마에 손을 잘 닦은 다음 치수를 재기 시작했다. 세묜은 발바닥을 재고 발등의 높이를 쟀다. 그리고 종아리를 재려고 했는데, 종이의 양끝이 닿지가 않았다. 신사의 종아리가 통나무만큼이나 굵었던 것이다.

"정신 차려서 해. 종아리 부분을 좁게 만들어서는 안 된단 말이야."

세묜은 종이 조각을 다시 덧붙였다. 신사는 의젓하게 앉아 양말 속의 발가락을 꼼지락거리면서 방 안의 사람들을 둘러보았다. 그러다 미하일에게 시선이 멈추더니 이렇게 물었다.

"저건 누구야?"

"제 직공인뎁쇼. 그가 나리의 장화를 지을 겁니다."

"똑똑히 알아 둬라. 일 년간은 끄떡없어야 해."

신사는 미하일에게 다짐을 받듯이 말했다. 세묜도 미하일을 돌아다보았다. 그런데 미하일은 신사의 얼굴은 보지 않고, 신사 뒤의 한쪽 구석을 응시하고 있었다. 마치 누구인가를 바라보고 있는 듯했다.

그렇게 한참 응시를 하고 있던 미하일이 갑자기 싱긋 웃더니, 머리끝에서 발끝까지 환하게 밝아졌다.

"야, 이 바보 녀석아! 왜 히죽거리는 거지? 정신을 바짝 차려서, 기한 내에 만들어 낼 생각이나 하지 않고."

그러자 미하일이 말했다.

"필요한 때에 딱 맞춰서 올리겠습니다."

"좋아, 좋아."

신사는 장화를 신고 모피 외투를 걸치더니, 외투의 앞자락을 여미며 문 쪽으로 걸음을 옮겼다. 그런데 허리를 굽혀야 한다는 사실을 깜빡하고 이마를 상인방(上引枋, 기둥과 기둥 사이의 벽 윗부분에 가로지른 나무—옮긴이)에 세게 부딪히고 말았다. 신사는 이마를 문지르며 욕설을 퍼붓고는 썰매를 타고 가 버렸다. 신사가 떠나자 세몬이 말했다.

"정말 건장한 사람이로군. 저런 사람은 쇠몽둥이로도 죽이지 못할걸. 상인방에 이마를 찧었는데도 별로 아프지 않은 기색이던데."

그러자 마트료나가 한마디 거들었다.

"저렇게 부유한 생활을 하는데 체격인들 왜 좋지 않겠수? 저렇게 튼튼한 사람은 염라대왕도 감히 잡아가지 못할걸요."

7

세묜이 미하일에게 말했다.

"일을 맡긴 했지만 불행을 가져오지나 말아야 할 텐데. 가죽도 비싼 데다 나리의 성깔까지 대단하시니 실수 같은 건 절대로 하지 말아야 해. 자, 자네는 눈도 밝고 솜씨도 나보다 나으니, 여기 치수를 잰 것을 맡기겠네. 치수에 맞춰 재단하게. 나는 코와 발등을 꿰맬 테니까."

미하일은 세묜이 이르는 대로 신사의 가죽을 집어 테이블 위에 펼쳐 놓은 다음, 두 겹으로 접어 재단 가위로 자르기 시작했다. 마트료나는 그가 재단하는 것을 보고 깜짝 놀라 옆으로 다가갔다. 구두 짓는 일에는 마트료나도 어느 정도 익숙해진 편인데, 가만히 보니 미하일이 장화를 지을 수 있게 재단하지 않고 가죽을 둥근 모양으로 잘라 내고 있는 것이 아닌가!

마트료나는 말을 할까 말까 망설이다가 속으로 생각했다.

'그 나리의 장화를 어떻게 지을 것인지 나는 아직 알지 못하잖아. 미하일이 더 잘 알고 있을 테니 참견하지 말아야지.'

미하일은 한 켤레치의 재단을 마친 다음 코빼기의 한쪽 끝을 들고 꿰매기 시작했다. 그런데 코빼기와 뒤축의 양끝을 꿰매는 것이 장화를 짓는 방식대로가 아니었다. 마치 슬리퍼를 지을 때처럼 코빼기의 한쪽 끝만 꿰매고 있었다. 마트료나는 그것을 보고 또 한 번 크게 놀랐으나 역시 참견을 하지 않기로 했다. 미하일은 열심히 꿰매고 있었다. 점심때가 되어 세몬이 일어나 보니, 미하일은 신사의 가죽으로 장화가 아니라 슬리퍼를 꿰매 놓고 있었다.

세몬은 깜짝 놀라서 자기도 모르게 "앗!" 하고 크게 소리를 질렀다. 그러고는 속으로 이렇게 생각했다.

'이게 대체 어찌 된 일일까? 미하일은 일 년이나 우리와 같이 지내면서 단 한 번도 실수를 한 적이 없는데 하필이면 지금 같은 때에 이런 잘못을 저지르다니. 나리는 대다리(구두창에 갑피를 대고 맞꿰매는 가죽 테—옮긴이)에 배기구가 있는 장화를 주문했는데, 미하일은 뒤축이 없는 슬리퍼를 만들어 버렸으니 이제 가죽을 버린 거나 마찬가지가 아닌가. 나리에게 뭐라고 변명을 해야 한단 말인가. 이런 가죽은 구하려야 구할 수도 없는데…….'

세몬이 미하일에게 말했다.

"아니, 여보게! 이 무슨 짓인가? 자넨 나를 죽이려는 작정인가? 나리는 장화를 주문했는데 도대체 뭘 만들어 놓은 거야?"

세몬이 미하일에게 잔소리를 늘어놓자마자, 대문 고리가 덜컹거리더니 누군가가 다급히 문을 두드렸다. 창문으로 내다보니, 누군가가 말을 타고 와 말을 비끄러매고 있었다. 문을 열자 지난번 신사의 하인이 뛰어 들어왔다.

"안녕하십니까?"

"어서 와요. 무슨 볼일이라도?"

"장화 일로 마님의 심부름을 왔습니다."

"장화 일로?"

"장화가 필요 없게 되었어요. 나리가 돌아가셨거든요."

"아니, 뭐라고요!"

"여기서 집으로 가는 도중 썰매 안에서 돌아가셨어요. 썰매가 저택에 닿아, 내리는 걸 도와 드리려고 보니까 나리가 가마니처럼 나동그라져 있지 않겠습니까? 돌아가신 거예요. 이미 몸이 굳어 있었거든요. 썰매에서 간신히 끌어내렸답니다. 마님께서 급히 나를 보내시며 이렇게 말씀하셨습니다. '구둣방으로 얼른 달려가서 이렇게 전하여라. 이제 장화는 필요 없게 되었으니, 아까 나리가 장화를 주문한 가죽으로 죽은 사람에게 신기는 슬리퍼를 한 켤레 지어 달라고. 그리고 슬리퍼가 다 지어질 때까지 기다렸다가 그것을 받아 가지고 돌아오너라.' 그래서 이렇게 달려왔습지요."

미하일은 마름질하고 남은 가죽을 접어 둘둘 만 다음, 다 지은 슬리퍼를 들고 탁탁 쳐서 먼지를 털고는 앞치마로 곱게 닦아 하인에게 내밀었다. 하인은 슬리퍼를 받아 들고 인사를 하였다.

"안녕히 계십시오, 주인장! 그럼 전 이만 갑니다!"

세몬은 깜짝 놀랐다. 미하일은 이제까지 한길을 한 번도 내다본 적이 없었는데, 이상하게도 지금은 창문에 달라붙은 채 무언가에서 시선을 떼지 못하고 있었다.

8

다시 일 년이 지나고 이 년이 지나, 미하일이 세몬의 집에 온 지도 육 년째가 되었다. 그는 처음이나 마찬가지로 아무 데도 가지 않았고 한 마디도 공연한 말을 지껄이지 않았다. 그동안 미하일이 싱긋 웃은 것은 단 두 번뿐이었다. 한 번은 아내가 저녁 식사 준비를 했을 때, 또 한 번은 장화를 맞추러 온 신사를 보았을 때였다.

세몬은 자신의 일꾼이 대견해서 견딜 수가 없었다. 이제는 어디서 왔는지 물을 생각도 하지 않고, 다만 미하일이 나가면 어쩌나 하고 그것만을 걱정하게 되었다.

하루는 온 식구가 함께 모여 앉아 있었다. 마트료나는 페치카 위에 무쇠 솥을 올려놓고 있었고, 아이들은 의자 사이를 뛰어다니며 놀았다. 세몬은 창가에서 구두를 꿰매고 있었으며, 미하일은 다른 쪽 창가에서 구두 축을 붙이고 있었다.

그때 아들 중 한 명이 의자를 끌고 미하일 곁으로 다가오더니,

그의 어깨에 기댄 채 창밖을 물끄러미 내다보았다.

"미하일 아저씨, 저것 좀 봐요. 저기, 장사치 아주머니가 계집애들을 데리고 우리 집으로 오는 것 같아요. 계집아이 하나는 절름발이네."

아들의 말이 떨어지자마자, 미하일은 하던 일을 멈추고 창밖으로 고개를 돌려 그쪽을 바라보았다. 순간 세묜은 깜짝 놀랐다. 미하일이 지난번과 마찬가지로 창문에 달라붙어 무엇인가에서 눈을 떼지 못하고 있었기 때문이다. 무슨 일인가 싶어서 창밖을 내다보니, 깨끗한 옷차림을 한 여인이 자기 집 쪽으로 걸어오고 있었다.

그녀는 모피 외투에 융단으로 만든 플라토크(네모난 모양의 천으로 된 스카프—옮긴이)를 멘 두 계집아이의 손을 잡고 있었다. 계집아이들은 얼굴이 비슷해서 구별하기가 어려웠다. 그 중 한 계집아이는 다리를 조금 절면서 걷고 있었다. 이윽고 여인은 바깥 층계를 걸어 올라온 뒤 복도에서 문을 열더니, 두 계집아이를 먼저 안으로 들여보낸 다음 자기도 방 안으로 들어왔다.

"안녕하십니까?"

"어서 오십시오. 그런데 무슨 일로 오셨는지……."

여인은 테이블 곁에 앉았다. 두 계집아이는 그 여인의 무릎에 안기듯이 기댔는데 조금 어색해 하는 표정이었다.

"저어, 이 아이들이 봄에 신을 가죽 구두를 맞출까 해서요."

"아, 그렇습니까? 우리는 그렇게 작은 구두를 지어 본 적은 없지만 할 수 있습니다. 대다리가 있는 걸로 할까요, 없는 것으로 할까요? 이 친구의 솜씨가 여간 좋지 않습니다."

세몬은 미하일을 돌아다보며 말했다. 미하일은 일손을 놓은 채 두 계집아이에게서 눈을 떼지 못하고 있었다. 세몬은 여느 때와는 다른 그의 모습을 보고 또 한 번 속으로 깜짝 놀랐다.

하긴 두 계집아이는 모두 귀여운 얼굴이었다. 눈동자가 까맣고 뺨이 통통하며 발그레했다. 입고 있는 모피 외투는 물론 플라토크 역시 좋은 재질의 것이었다. 그러나 그것 때문에 미하일이 저렇게 유심히 바라보고 있는 것이라고 보기에는 뭔가 납득이 가지 않는 구석이 있었다. 마치 두 계집아이와 알음알이이기라도 한 듯했기 때문이다.

세몬은 의아한 마음을 감추지 못한 채 여인에게로 돌아앉아 값을 흥정한 후, 주문을 받고 치수를 쟀다. 여인은 절름발이 계집아이를 무릎에 앉히면서 말했다.

"어렵지 않다면 이 아이의 발로 두 켤레의 치수를 재 주세요. 불편한 발 쪽은 한 짝만 짓고 반듯한 발에 맞춰서 세 짝을 지어 주세요. 둘의 치수가 똑같거든요. 아주 똑같은 쌍둥이지요."

세몬은 치수를 재고 절름발이 계집아이 쪽을 보며 말했다.

"이 귀여운 아이는 어쩌다가 이렇게 됐습니까? 태어날 때부터 그랬나요?"

"아니에요, 그 애 어머니가 깔아서 그래요."

그때 마트료나가 말참견을 하고 나섰다. 그 계집아이의 어머니가 어떤 사람인지 알고 싶어서였다.

"그럼 부인께선 이 아이들의 친엄마가 아니신가요?"

"나는 어머니도 아니고 친척도 아니에요. 피는 섞이지 않았지만 그냥 맡아서 기르고 있지요."

"부인이 낳은 아이가 아닌데도 참으로 귀여워하시는군요!"

"그야 물론 귀여워하고말고요. 두 아이 모두 내 젖으로 키웠거든요. 처음엔 내 아이도 있었지만 신께서 데려가 버리셨어요. 정작 그 아이는 그다지 불쌍한 마음이 들지 않은데 이 아이들은 정말 애처로워요."

"대관절 누구의 애들인가요?"

9

여인은 다음과 같은 이야기를 들려주었다.

"벌써 육 년 전의 일입니다. 이 두 아이는 일주일도 못 되어 천애고아(天涯孤兒)가 돼 버렸지요. 아버지는 이 아이들이 태어나기 사흘 전에 죽었고, 어머니 역시 그로부터 사흘째 되는 날 세상을 떠났으니까요. 그 당시 나는 남편과 농사를 지으며 살고 있었답니다. 이 아이들의 부모와는 이웃 간이었지요. 바로 앞뒤

집이었어요. 이 아이들의 아버지 역시 농부였어요. 그런데 어느 날 숲에서 일을 하는데, 나무가 그에게로 쓰러지면서 덮치는 바람에 내장이 모두 튀어나오고 말았지 뭐예요? 간신히 집으로 옮겨다 놓았지만 곧 저 세상으로 가 버렸지요.

그러고 나서 채 일주일도 안 돼, 이 아이들의 어머니가 쌍둥이를 낳았던 거예요. 바로 이 애들이지요. 지독하게 가난한 데다가 일가친척 하나 없어서 돌봐 줄 사람이라곤 전혀 없었답니다. 그야말로 외돌토리 신세여서 홀로 해산을 하고는 죽어 간 거죠. 이튿날 아침 그 집에 가서 들여다보았더니 가엾게도 이미 숨이 끊어진 다음이었어요. 엎친 데 덮친 격으로, 그 어머니가 죽을 때 바로 이 아이 위로 쓰러지는 바람에 그 밑에 깔려서 한쪽 다리를 못쓰게 된 것이고요. 마을 사람들이 모여 시체를 씻기고 수의를 입힌 다음 관을 짜서 장례식을 치렀답니다. 모두들 친절한 사람들이었거든요.

그런데 갓난아이 둘만 남게 되었으니 그야말로 큰일이지 뭡니까? 거기 모인 아낙네들 중에 젖먹이가 있는 사람은 나뿐이었어요. 그때 내게는 낳은 지 겨우 8주밖에 되지 않은 아들이 있었거든요. 그래서 내가 임시로 두 계집아이를 맡기로 했지요. 마을 사람들이 한자리에 모여 상의한 끝에 내게 부탁을 하더군요.

'마리야 아줌마가 이 아이들을 맡아서 얼마 동안이라도 길러 주지 않겠어요? 잠시 동안만 돌보아 주면 곧 다른 방법을 찾아

볼게요.'

나는 몸이 성한 아이에게만 젖을 빨렸습니다. 제 어미에게 깔린 애에게는 젖을 줄 생각을 아예 하지 않았죠. 살지 못하리라고 생각했기 때문이에요. 그러다 문득 이 천사 같은 어린 영혼이 왜 죽어 가야 하는지 생각해 보게 되었어요. 몹시 측은해지더군요. 그 뒤부터는 똑같이 젖을 물리기 시작했지요. 그래서 내 아이와 두 계집아이, 말하자면 세 아이를 동시에 젖을 먹였습니다! 다행히 나이가 젊어 기운도 있고 먹새도 좋아서 양쪽의 젖이 넘칠 만큼 많았어요. 두 아이에게 젖을 물리고 있으면 다음 애가 기다리고 있어, 한 명이 젖꼭지를 놓는 대로 기다리는 애에게 먹이곤 했지요.

그리하여 하느님의 뜻으로 이 두 아이는 잘 키웠으나 내가 낳은 아이는 이 년째 되던 해에 죽고 말았어요. 그 뒤로는 아이를 낳지 못했고요. 그 후로 살림살이는 점점 나아져, 지금은 이 고을의 한 방앗간에서 생활하고 있답니다. 급료도 넉넉해서 유복하게 살림을 꾸려 가고 있기는 합니다만 지금까지도 아이가 생기지 않는군요. 이 두 아이가 아니었더라면 쓸쓸해서 어떻게 살았겠어요? 내가 이 아이들을 귀여워하는 것은 당연한 일이지요. 이 아이들은 내게 있어서 초의 밀랍과도 같아요."

여인은 한쪽 손으로 절름발이 계집아이를 끌어안고, 또 다른 쪽 손으로는 뺨에 흐르는 눈물을 닦았다.

마트료나는 길게 한숨을 지으며 말했다.

"부모 없이는 살아갈 수 있지만 신 없이는 살아가지 못한다는 속담이 있잖아요. 정말로 그런 것 같군요!"

세 사람이 이런 말을 주거니 받거니 하고 있을 때 여인이 가려고 자리에서 일어섰다. 세묜은 그녀를 배웅하며 미하일을 돌아다보았다. 그는 두 손을 무릎 위에 올려놓은 채 위를 쳐다보면서 빙그레 웃고 있었다.

10

세묜이 그에게로 다가가서 말했다.

"여보게, 미하일!"

미하일은 곧장 의자에서 일어나 일감을 놓고 앞치마를 벗더니 주인 내외에게 절을 꾸벅하였다.

"용서해 주십시오, 주인 내외분. 신께서 나를 용서해 주셨으니 당신들도 나를 용서해 주십시오."

순간 주인 내외는 미하일에게서 빛이 비치고 있는 것을 발견하였다. 세묜은 자기도 모르게 일어서서 미하일에게 절을 하며 말했다.

"미하일, 자네는 보통 사람이 아닌 모양이군. 자네를 붙잡을 수도 없고 꼬치꼬치 캐물을 수도 없네. 그렇지만 꼭 한 가지 알고 싶은 것이 있는데……. 내가 자네를 발견하고 집으로 데리고 왔을 때는 몹시 침울한 얼굴을 하고 있었는데, 집사람이 저녁을 대접하니까 싱긋이 웃으면서 한결 밝은 표정을 지었네. 대체 어찌 된 일인가? 그러고 나서 나리가 장화를 주문했을 때도 자네는 표정이 한결 더 밝아졌지. 그리고 조금 전 한 여인이 계집아이 둘을 데리고 왔을 때 자네는 세 번째로 빙그레 웃었네. 그리고 지금은 몸에서 후광이 비치고 있지 않은가? 미하일, 어떻게 자네 몸에서 그런 빛이 비치는지, 그리고 왜 세 번 싱긋 웃었는지 그 까닭을 말해 주게나."

잠시 후, 미하일이 대답했다.

"내 몸에서 빛이 나는 것은 신에게서 죄를 용서받았기 때문입니다. 지금까지 벌을 받고 있었거든요. 그리고 내가 세 번 싱긋 웃은 것은 신의 세 가지 말씀의 뜻을 알아냈기 때문입니다. 한 가지 말씀은 아주머니가 나를 가엾게 여기셨을 때 깨달았기에 첫 번째로 웃었고, 또 한 가지 말씀은 신사가 장화를 주문할 때 깨달았기에 다시 웃었습니다. 그런데 지금 막 두 계집아이를 보면서 마지막 세 번째 말씀을 깨달아서 또다시 웃은 것입니다."

그 말을 듣고 세묜이 말했다.

"그럼 내게 들려주지 않겠나, 미하일? 무엇 때문에 신께서 자네에게 벌을 내리셨는지……. 그리고 궁금해서 그러는데, 신의 말씀이란 대체 무엇인가?"

미하일이 대답했다.

"내가 벌을 받은 것은 신의 말씀을 거역했기 때문입니다. 나는 하늘의 천사였습니다. 어느 날 하느님께서 한 여인의 영혼을 빼앗으라고 명령하시더군요. 명령을 받들기 위해 지상으로 내려와 보니, 한 여인이 병에 걸려 누워 있었습니다. 막 쌍둥이 딸을 낳은 뒤였지요. 갓난아기는 어머니 곁에서 꼼지락거리고 있었으나, 어머니는 젖을 물릴 기운조차 없어 보였습니다. 그 여인은 나를 발견하자 신이 자신의 영혼을 빼앗으러 온 줄 알고는 슬프게 흐느끼며 말했습니다.

'아아, 천사님! 바로 며칠 전에 제 남편이 숲에서 나무에 깔려 죽어 장례를 치렀습니다. 저에게는 일가친척이 없기 때문에 이 아이들을 거두어 줄 사람이 한 명도 없습니다. 제발 제 영혼을 거두어 가지 말아 주세요. 이 아이들을 제 손으로 키울 수 있게 해 주십시오. 혼자서 살아갈 수 있을 때까지만요! 어린아이들은 부모 없이는 살 수가 없어요!'

나는 그녀의 말을 듣고 차마 영혼을 거두어 갈 수가 없었습니다. 그래서 한 어린아이를 안아 젖꼭지를 물려 주고, 다른 한 아이를 어머니의 팔에 안겨 준 다음 다시 하늘나라로 돌아갔습니다. 그리고 하느님께 말씀드렸습니다.

'저는 산모의 영혼을 빼앗을 수가 없습니다. 아버지는 나무에 깔려 죽고 어머니는 방금 쌍둥이를 낳아 제발 영혼을 거두어 가

지 말아 달라고 애원했습니다. 아이들이 혼자서 살아갈 수 있을 때까지만 키울 수 있게 해 달라고요.'

그러자 하느님께서 말씀하셨습니다.

'다시 내려가서 산모의 영혼을 거두어라. 그러면 세 가지 말뜻을 알게 되리라. 즉 사람의 마음속에는 무엇이 있는지, 사람에게 주어져 있지 않은 것은 무엇인지, 사람은 무엇으로 사는지를. 그것을 알게 되면 하늘나라로 다시 돌아올 수 있으리라.'

그래서 나는 다시 지상으로 내려가 산모의 영혼을 빼앗았습니다. 두 아이는 곧 어머니의 가슴에서 떨어졌지요. 주검이 침상 위에서 떨어지는 바람에 한 아이를 덮쳐 한쪽 다리의 뼈를 삐게 했고요.

나는 곧장 하늘로 날아 올라가 그 여인의 영혼을 하느님께 가져가려고 했는데, 갑자기 거센 바람이 일더니 나의 두 날개를 툭 부러뜨리고 말았습니다. 그래서 그 여인의 영혼만 하느님께로 가고, 나는 지상에 떨어져서 길바닥에 쓰러져 있게 된 겁니다."

11

세몬과 마트료나는 자기들이 먹이고 입혔던 사람이 누구인지, 지금까지 자기들과 같이 살면서 일해 온 사람이 누구인지를 알고 두려움과 기쁨으로 눈물을 흘렸다.

천사가 말했다.

“나는 알몸으로 들판에 버려졌습니다. 그동안 나는 인간의 가난과 추위, 굶주림 따위를 전혀 모르고 있었는데, 갑자기 인간이 돼 버린 것입니다. 순식간에 배고픔이 극에 달하고 몸이 얼어붙을 것 같은 추위가 몰려오자 무엇을 어떻게 해야 좋을지 몰랐습니다. 그때 문득 들판 한가운데에 신을 모시기 위하여 세운 공소가 눈에 띄었습니다. 몸을 숨기려고 그 곁으로 다가갔으나 문이 잠겨 있어 안으로 들어갈 수가 없었습니다. 나는 일단 바람을 피하려고 공소 뒤쪽으로 돌아가 앉았습니다.

날이 저물자 굶주림은 더욱 심해지고 몸은 얼어붙어서 온몸에 병이 드는 듯했습니다. 그때 갑자기 어떤 사람이 장화를 들고 걸어오면서 혼잣말을 하는 소리가 들렸습니다. 인간이 되고 나서 처음으로 죽음이 어려 있는 인간의 얼굴을 보았습니다. 나는 그 얼굴이 무서워서 홱 돌아앉았습니다. 그리고 그가 혼잣말을 하는 것을 들었습니다. 이 추운 겨울에 몸을 감쌀 옷을 어떻게 마련해야 할 것인지, 처자를 어떻게 먹여 살려야 할 것인지를 고민하며 중얼거리고 있었습니다. 그 순간 이런 생각이 들었습니다.

‘나는 지금 추위와 굶주림으로 죽어 가고 있는데, 저 사람은 자기들 모피 외투를 어떻게 마련해야 할지, 앞으로 어떻게 먹고

살아야 할지, 그런 것을 생각하고 있다. 아무래도 저 사람은 나를 도와줄 만한 힘이 없는 것 같군.'

실제로 그 사람은 나를 발견하자 얼굴을 찡그리더니, 한결 더 무서운 얼굴로 내 곁을 지나갔습니다. 그나마 한 줄기 희망마저도 사라져 버린 셈이었지요. 그런데 갑자기 그 사람이 되돌아오는 발소리가 들렸습니다. 그 사람의 얼굴을 쳐다보는 순간, 방금 지나간 사람이라고 할 수 없을 만큼 달라 보였습니다. 조금 전의 그 얼굴에는 분명 죽음의 기운이 서려 있었는데, 발그레하게 상기된 지금의 모습에서는 신이 보이더군요. 그는 곧장 내게로 다가와 옷을 입혀 준 다음, 자기 집으로 데려갔습니다.

그 사람의 집에 이르자 한 여인이 마중을 나와서 잔소리를 늘어놓기 시작했는데, 맨 처음 남자를 보았을 때보다 더 무서웠습니다. 입에서 죽음의 입김이 뿜어 나오고 있었거든요. 나는 죽음의 악취 때문에 숨을 쉴 수가 없을 지경이었습니다. 그 여인은 나를 다시 추운 바깥으로 몰아내려고 했습니다. 만약 나를 그대로 내쫓았다면 여인은 목숨을 잃었을 것입니다. 그런데 여인의 남편이 그녀에게 신을 상기시켜 주자 금방 태도가 바뀌더군요. 여인이 저녁 식사를 권하면서 나를 쳐다보았을 때는 얼굴에 죽음의 그림자가 사라지고 생기가 피어오르고 있었습니다. 나는 비로소 그녀의 마음속에 들어 있는 신을 알아보았습니다.

그 순간 나는 '사람의 마음속에 무엇이 있는지 알게 되리라.'

고 하신 하느님의 첫 번째 말씀을 생각해 냈습니다. 사람의 마음속에 들어 있는 것은 사랑이었습니다. 하느님께서 약속하신 것을 나에게 계시해 주시기 시작한 사실이 기뻐서 첫 번째로 싱긋 웃었습니다. 하지만 그때까지도 전부를 알 수는 없었습니다. 사람에게 무엇이 주어져 있지 않은지, 사람은 무엇으로 사는지에 관해서는 아직 모르고 있었으니까요.

당신들과 같이 살면서 일 년이란 세월이 지나갔습니다. 그러던 어느 날, 어떤 사람이 찾아와서 일 년 동안 실밥이 터지지 않고 틀어지지도 않는 장화를 지어 달라고 주문했습니다. 그 사람을 쳐다보니 뜻밖에도 등 뒤에 나의 동료인 죽음의 천사가 서 있었습니다. 물론 나 이외에는 아무도 그 천사를 보지 못했지만요. 나는 날이 저물기도 전에 그의 영혼이 몸에서 떠나갈 것이라는 사실을 알았습니다. 그래서 속으로 생각했지요.

'이 사람은 오늘 저녁 안에 죽는다는 사실을 모른 채 일 년을 준비하고 있구나.'

그 순간 '사람에게 주어져 있지 않은 것이 무엇인지' 알아내라고 하신 하느님의 두 번째 말씀이 생각났습니다. 사람의 마음속에 무엇이 숨어 있는지는 이미 알았습니다. 그런데 이번에는 사람에게 주어져 있지 않은 것이 무엇인지를 알게 되었지요. 자기 몸에 무엇이 필요한지를 아는 힘이 주어져 있지 않았습니다. 그래서 두 번째로 싱긋 웃었습니다. 친구였던 죽음의 천사를 만난

것도 기뻤고, 하느님께서 두 번째 말씀을 계시해 주신 사실도 기뻤습니다. 그렇지만 아직 전부를 깨닫지는 못했습니다. 나는 사람이 무엇으로 사는지를 알 수 없었으니까요. 그래서 계속해서 이곳에 살면서 하느님께서 최후의 말씀을 계시해 주실 때를 기다렸습니다.

딱 육 년째가 되는 오늘, 쌍둥이 계집아이를 데리고 한 여인이 찾아왔습니다. 그 쌍둥이 계집아이를 보는 순간, 예전의 일이 기억났습니다. 그 계집아이들이 살아 남아 있었던 것이지요. 저는 속으로 생각했습니다.

'어머니가 자식을 핑계로 살려 달라고 애원했을 때 나는 그 말을 곧이곧대로 믿었는데, 어린아이들은 부모 없이는 정녕 살아가지 못할 거라고만 생각했는데, 낯선 여인이 젖을 주어 잘 키워 내고 있구나.'

그것뿐만이 아니었습니다. 그 여인이 피 한 방울 섞이지 않은 그 아이들에게 감동하여 눈물을 흘리는 순간, 그녀의 마음속에 살아 계신 하느님을 발견하지 않을 수 없었습니다. 결국 사람은 무엇으로 사는지를 깨닫게 된 것이지요. 이것으로 하느님은 최후의 말씀을 계시하여 나를 용서해 주신 것입니다. 그것을 알아차리고 세 번째로 싱긋 웃었답니다."

12

그리고 갑자기 천사의 몸이 드러났는데, 온몸이 빛으로 감싸여서 눈으로 볼 수 없을 지경이었다. 천사가 큰 목소리로 이야기하기 시작했다. 그것은 그의 입에서 나오는 목소리가 아니라 하늘에서 울려 퍼지는 것 같았다.

"나는 깨달았다. 사람은 스스로를 살피고 염려하는 마음으로 살아가는 것이 아니라 사랑으로 살아가는 것이다. 어머니에게는 자기 아이의 생명을 지키기 위해 무엇이 필요한지를 아는 힘이 주어져 있지 않았다. 신사 역시 자기 자신에게 무엇이 필요한지를 알지 못했다. 산 사람이 신을 장화가 필요한지, 죽은 사람에게 신기는 슬리퍼가 필요한지 아는 힘은 그 어떤 사람에게도 주어져 있지 않았다.

내가 사람이 되고 나서도 살아갈 수 있었던 것은 나 자신을 살피고 염려했기 때문이 아니라, 지나가던 사람과 그의 아내의 마음속에 있던 사랑이 나를 불쌍하게 여겨 거두었기 때문이다. 부모 잃은 두 어린아이가 잘 자라고 있는 것은 모두가 걱정해 주었기 때문이 아니라, 한 여인의 마음속에 들어 있는 사랑이 그 아이들을 가엾게 여기고 보살폈기 때문이다.

모든 사람이 살아가고 있는 것 역시, 자기 자신을 살피고 염려했기 때문이 아니라 그들 속에 사랑이 들어 있기 때문이다. 예전에도 하느님께서 사람에게 생명을 주시고 그들이 잘 살아가기를 바라고 계시다는 것은 알았지만 이번에 또 한 가지 깨달음을 얻었다. 신께서는 사람들이 뿔뿔이 흩어져 사는 것을 원하지 않으시기 때문에, 한 사람 한 사람에게 무엇이 필요한지를 계시하시지 않았던 것이다. 사람들이 함께 모여 사는 것을 원하시기 때문에 모든 사람들에게 자신을 위해서, 또 모든 사람들을 위해서 무엇이 필요한지를 계시하신 것이다.

이제야말로 정말 깨달았다. 사람들이 자신에 대하여 걱정함으로써 살아갈 수 있다는 것은, 다만 사람들이 그렇게 생각하고 있는 것일 뿐, 사람은 오로지 사랑에 의해서만 살아가는 것이다. 사랑 속에 사는 사람은 하느님 안에 살고 있고, 그 안에 하느님이 살고 있다. 하느님은 사랑이시므로."

그리고 천사는 하느님에게 바치는 찬미가를 불렀다. 그러자 갑자기 집이 흔들리기 시작했다. 곧이어 천장이 둘로 갈라지면서 땅에서 하늘까지 불기둥이 솟았다. 세묜 부부와 아이들은 모두 땅바닥에 엎드렸다. 천사의 등에서 날개가 돋아나 활짝 펼쳐지더니 이내 하늘로 올라갔다.

세묜이 정신을 차렸을 때는 집이 예전 그대로 서 있었으며, 집 안에는 자신의 가족 외엔 아무도 없었다.

제 2 편

두 형제와 황금

옛날 예루살렘 근처에 한 형제가 살고 있었다. 형의 이름은 아파나시이고, 아우의 이름은 이오안이었다. 그들은 도시에서 그리 멀리 떨어져 있지 않은 산속에서 살아갔다. 형제는 날마다 일을 했다. 그들은 자기네 일이 아니라 가난한 사람들의 일을 하고 있었다. 노동자와 병자, 고아, 과부 들이 있는 곳이라면 어디든 달려가서 일을 해 주고는 보수를 받지 않은 채 떠나곤 하였다.

형제는 일주일 동안 따로 떨어져 지내다가 토요일 저녁에야 비로소 자기네 집으로 돌아왔다. 일요일만은 집에서 기도를 하며 이야기를 나누었다. 주의 천사도 그들에게로 내려와 축복해 주었다. 그들은 월요일이 되면 다시 각기 다른 방향으로 길을 떠났다. 형제는 이런 식으로 긴 세월을 살았으며, 주일마다 주의 천사가 그들에게로 내려와 축복을 내렸다.

어느 월요일 아침, 여느 때와 같이 일을 하러 가기 위해 형제가 막 집에서 나왔을 때였다. 각자 다른 길로 가려고 하는 순간, 형 아파나시가 사랑하는 아우와 헤어지는 것이 서운해 걸음을 멈추고 뒤를 돌아보았다.

이오안은 고개를 떨어뜨린 채 발걸음을 재촉하고 있을 뿐 한 번도 뒤를 돌아보지 않았다. 그런데 잠시 후, 이오안이 갑자기 걸음을 멈추더니 한 손으로 이마를 가린 채 한쪽을 응시하기 시작했다. 그러고는 옆으로 풀쩍 뛰어 비켜선 다음 산기슭으로 마구 뛰어갔다. 마치 사나운 짐승에게 쫓기기라도 하듯이 산 위로 허겁지겁 달음박질을 쳤다.

순간 아파나시는 이상한 생각이 들었다. 동생이 무엇 때문에 그렇게 놀랐는지 알아보려고 그쪽으로 걸어가 보았다. 가까이 다가가자 무엇인가가 햇볕에 반짝이고 있었다. 조금 더 가까이 가자, 마치 말로 되어서 부어 놓기라도 한 듯 금덩어리가 풀 위에 놓여 있었다.

아파나시는 금을 보고 놀라기도 했지만, 그보다는 동생이 옆으로 풀쩍 뛰어 달아난 사실에 더더욱 놀랐다. 아파나시는 속으로 이렇게 중얼거렸다.

'무엇 때문에 저렇게 도망친 것일까? 죄는 금에 있는 것이 아니라 사람에게 있다. 금은 죄를 만들 수 있지만 선을 만들 수도 있다. 이 금으로 고아와 과부들을 먹여 살릴 수 있고, 헐벗은 사람들을 입힐 수 있으며, 병자와 장애우의 병을 고칠 수 있지 않은가! 이것이 있으면 더 많은 사람들을 위하여 일할 수 있다.'

아파나시는 이렇게 생각하고 이 모든 것을 동생에게 말하려고 했으나, 이오안은 어느새 저만치 가 버려서 아주 조그맣게 보일 뿐이었다.

아파나시는 옷을 벗은 뒤 가져갈 수 있을 만큼의 금을 담아 어깨에 짊어지고 도시로 갔다. 객줏집에 이르자 객주에게 금을 맡긴 다음 다시 나머지 금을 가지러 갔다. 금을 다 날라 온 다음에는 상인한테 금을 주고, 도시의 땅을 사고 돌과 목재를 사서 집을 짓기 시작했다.

아파나시는 도시에서 석 달 동안 지내며 집을 세 채나 지었다. 한 채는 과부와 고아를 위한 양호 시설, 또 한 채는 병자와 장애우를 위한 요양 시설, 나머지 한 채는 거지와 노숙자를 위한 수용 시설이었다.

아파나시는 믿음이 깊은 노인을 세 사람 찾아내어 양호 시설과 요양 시설, 그리고 수용 시설의 감독으로 각각 앉혔다. 그러고 나서도 아파나시에게는 금화가 삼천 닢이나 남아 있었다. 그는 세 명의 노인에게 금화를 천 닢씩 맡긴 다음, 가난한 사람들에게 나누어 주도록 하였다.

세 채의 집은 곧 사람들로 가득 차게 되었다. 사람들은 아파나시가 한 일을 두고 입을 모아 칭찬하였다. 그는 그것이 너무나 기뻐서 도시를 떠나고 싶지가 않았다. 그러나 아파나시는 동생을 무척 사랑하고 있었던 터라, 애써 사람들과 작별한 뒤 한 푼의 금화도 갖지 않은 채 예전의 낡은 옷을 입고 집으로 떠났다.

아파나시는 금을 얻었던 산으로 가까이 가면서 이렇게 생각하였다.

'동생이 금을 피해 도망친 것은 옳은 판단이 아니다. 내가 한 일이 더 옳지 않을까?'

바로 그때 언제나 형제를 축복해 주던 천사가 나타나 그를 무섭게 노려보았다. 아파나시는 깜짝 놀라 정신이 멍해지는 듯했다. 그래서 이렇게 중얼거렸다.

"아니, 왜 그러십니까?"

천사가 말했다.

"여기서 돌아가거라. 너는 네 동생과 함께 사는 데 어울리지 않는다. 네 동생이 한 뜀질이 네가 황금으로 행한 그 어떤 일보다 더 값지다."

그는 그 금으로 얼마나 많은 가난뱅이와 부랑자를 먹여 살렸는지, 그리고 얼마나 많은 고아와 과부를 보살펴 주었는지 이야기했다. 그러자 천사가 다시 말했다.

"그것은 너를 유혹하려고 그곳에 일부러 황금을 두었던 악마가 너에게 가르친 말에 지나지 않는다."

순간 아파나시의 양심이 눈을 뜨기 시작했다. 그는 자기가 한 행동이 선을 위한 것이 아님을 깨닫고 울음을 터뜨리며 뉘우치기 시작했다. 그제야 천사는 형을 기다리고 있는 이오안에게 가는 길을 터 주었다.

그 뒤로 아파나시는 황금을 뿌렸던 악마의 꾐에 두 번 다시 빠지지 않았다. 그리고 신과 사람을 위해 진정으로 일하는 것은 황금을 통해서가 아니라 오직 노동에서 비롯된다는 사실을 깨달았다.

그리하여 두 형제는 예전처럼 행복하게 살게 되었다.

제 3 편

악마적인 것은 차지지만 신적인 것은 단단하다

옛날 어느 마을에 마음씨가 몹시 고운 주인이 살고 있었다. 그는 헤아릴 수 없을 만큼 많은 재산을 가지고 있었으며, 많은 하인들이 몸 바쳐 그를 섬기고 있었다. 하인들은 자기네 주인을 자랑스럽게 여기며 언제나 이렇게 말하곤 했다.

"이 하늘 아래 우리 주인마님보다 더 좋은 분은 없을걸. 이토록 잘 먹여 주고 입혀 주며 힘에 맞게 일을 시키시는 분이 또 어디 있겠어? 그래서 그런지 주인마님을 욕하거나 악의를 품은 사람은 한번도 본 적이 없다네. 하인들을 짐승보다 못하게 부려먹는 주인들이 얼마나 많아? 잘못이 있건 없건 벌부터 주기 좋아하고, 따뜻한 말 한 번 하지 않는 주인이 얼마나 많으냔 말이야.

그런데 우리 주인마님은 늘 우리를 따뜻하게 대하실 뿐 아니라 말씀도 부드럽게 하시지. 우린 어딜 가도 이보다 더 만족스런 삶을 살 순 없을 것 같네그려."

이렇게 하인들은 입이 닳도록 자기네 주인을 자랑하고 다녔다. 그것을 지켜본 악마는 주인과 하인이 그처럼 정답게 살고 있는 것에 은근히 화가 났다. 그래서 하인들 가운데 알레브라는 사람을 꼬드겨 자기네 편으로 만들었다.

그러던 어느 날 하인들이 일을 하다 잠시 휴식을 취하며, 여느 때처럼 자기네 주인을 자랑하고 있을 때였다. 갑자기 알레브가 목청을 높여 말했다.

"여보게들, 자네들은 주인마님을 지나치게 치켜세우고 있어. 악마의 마음에 들도록 노력해 보라고. 악마도 금세 착해지고 말 테니까. 우리가 주인마님을 너무 잘 섬기고 있단 얘기야. 무슨 일을 하든 마음에 들게 움직인다는 거지. 실제로 주인마님이 무엇인가를 생각하기가 무섭게 우리가 그것을 짐작하고 미리 해내지 않나? 그러니 어찌 우리에게 착하게 대하지 않을 수 있겠나? 만약 우리가 주인마님의 마음에 들지 않게 말하고 행동한다면 다른 주인들과 똑같이 굴걸. 더할 나위 없이 심술궂은 주인보다 더 모질게 대할지도 모른단 말일세. 악으로 앙갚음을 할지 어떻게 알겠나?"

그러자 다른 하인들이 알레브와 말다툼을 하기 시작했다. 결국 말다툼 끝에 내기를 하기로 결정하였다. 일단 알레브가 선량하고 친절한 주인을 화나게 하기로 하였다. 만약 그가 주인을 화나게 하지 못하면 자신의 나들이옷을 빼앗기고, 반대로 화나게 만들면 다른 하인들이 그에게 나들이옷을 주기로 약속했다.

뿐만 아니라 주인이 알레브를 학대할 경우 반드시 그를 지켜주도록 하고, 쇠고랑을 채워 옥에 가두는 일이 생길 때는 도망칠 수 있도록 도와주기로 하였다. 당장 이튿날 아침에 알레브가 주인을 화나게 만들기로 약속했다.

알레브는 양치기로, 씨가 좋은 값진 숫양들을 돌보고 있었다. 이튿날 아침, 주인이 손님들과 함께 양 우리로 찾아왔다. 악마의 일꾼은 동료들에게 눈짓을 했다.

"두고 보게, 이제 주인을 화나게 할 테니."

하인들은 모두 문이나 담장 뒤에 숨어서 엿보고 있었다. 악마는 나무 위로 올라간 다음, 자신의 일꾼이 시킨 대로 잘하고 있는지 마당을 내려다보고 있었다. 주인은 마당을 왔다 갔다 하며 손님들에게 암양과 새끼 양들을 보여 주었다. 그러다 가장 좋은 숫양을 보여 주고 싶은 생각이 들었다.

"숫양들은 다 좋아요, 다른 것들도. 그런데 바로 저기 저 뿔이 휜 놈 말입니다. 저놈은 값을 매길 수가 없어요. 내게는 눈보다 더 소중한 녀석이지요."

하지만 숫양과 암양들이 낯선 사람들을 보고 놀라서 마당을 마구 뛰어다니는 바람에, 손님들은 주인이 가리키는 그 값진 숫양을 제대로 살펴볼 수가 없었다. 그 값진 숫양이 걸음을 멈추려고 하자, 악마의 일꾼이 일부러 암양들을 놀라게 해 다시 한데 섞이도록 하였다. 손님들은 어느 양이 값을 매길 수 없을 만큼 값진 숫양인지 도무지 분간할 수가 없었다.

마침내 주인이 보다 못해 이렇게 말했다.

"여보게, 알레브. 수고스럽겠지만 저기 뿔이 휜, 그러니까 제일 좋은 숫양을 움직이지 못하게 붙잡아 주게."

알레브는 주인의 말이 떨어지기가 무섭게 사자처럼 숫양들의 한가운데로 뛰어들더니, 그 소중한 숫양의 복슬복슬한 털을 두 손으로 덥석 움켜잡았다. 그러고는 한쪽 손을 양의 왼쪽 뒷다리로 옮겨 잡은 후 거꾸로 들어 올려서는 주인의 눈앞에서 홱 잡아채었다.

순간 양의 다리가 작대기처럼 뚝 소리를 내며 부러졌다. 알레브가 그 값진 양의 다리를 부러뜨린 것이었다. 숫양은 매애 하고 울부짖고는 왼쪽 무릎으로 바닥을 짚으며 쓰러졌다. 알레브는 곧 손을 양의 오른쪽 다리로 옮겼다. 그러자 왼쪽 다리가 빠져 달랑거리며 늘어졌다.

손님과 하인들은 약속이나 한 듯이 동시에 '아!' 하고 소리를 질렀다. 악마는 알레브가 자기가 지시한 대로 슬기롭게 일을 해내는 것을 보고 기뻐서 어쩔 줄 몰랐다. 주인의 낯빛은 한밤의 어둠보다도 더 검게 변했다. 눈살을 찌푸리더니 고개를 떨구고는 한 마디도 하지 않았다.

손님과 하인들 역시 말을 잃었다. 다만 이어서 또 무슨 일이 일어날 것인지 숨죽여 지켜볼 뿐이었다. 주인은 잠시 침묵을 지키더니, 무거운 짐을 떨쳐 버리려는 듯이 몸을 바르르 떨면서 고개를 쳐들고 하늘을 올려다보았다. 그러는 동안 그의 얼굴에서 주름이 사라졌다. 그는 알레브를 향해 씩 웃으면서 말했다.

"어이, 알레브, 알레브! 자네 주인이 자네더러 나를 화나게 만들라고 시킨 거지? 그런데 내 주인이 자네 주인보다 더 강하다는 걸 알고 있나? 자네는 나를 화나게 하지 못하지만, 나는 자네 주인을 화나게 할 수 있거든. 자네는 내가 벌을 내릴까 봐 두려워서 어서 빨리 자유로워지고 싶어 하는군. 알레브, 잘 듣게. 나는 자네를 벌주지 않을 생각이야. 자네가 자유로워지고 싶어 하니까 말인데, 내 손님들이 보는 앞에서 곧바로 자유롭게 해 주겠네. 짐을 챙겨서 가고 싶은 대로 떠나게."

주인은 말을 마친 뒤, 손님들과 함께 집 안으로 들어갔다. 이를 지켜보고 있던 악마는 빠드득 이를 갈다가 나무에서 떨어져 땅속으로 사라져 버렸다.

제 4 편

두 노인

그 여자는 이렇게 말했다.

“과연 선생님은 예언자이십니다. 그런데 우리 조상은 저 산에서 하느님께 예배 드렸는데, 선생님들은 예배 드릴 곳이 예루살렘에 있다고 합니다.”

예수님께서는 이렇게 말씀하셨다.

“내 말을 믿어라. 사람들이 아버지께 예배를 드릴 때 ‘이 산이다.’ 또는 ‘예루살렘이다.’ 하고 굳이 장소를 가리지 않아도 될 때가 올 것이다. 너희는 무엇인지도 모르고 예배하지만, 우리는 우리가 예배 드리는 분을 잘 알고 있다. 구원은 유대 인에게서 오기 때문이다. 진실하게 예배하는 사람들이 영적으로 참되게 아버지께 예배를 드릴 때가 올 터인데, 바로 지금이 그때이다. 아버지는 이렇게 예배하는 사람을 찾고 계신다."

—요한의 복음서 제4장 19절~23절

1

두 노인은 옛 도시 예루살렘으로 순례를 떠날 채비를 차렸다. 한 사람은 부유한 농부로 예핌 타라스이치 쉐벨료프라는 이였으며, 다른 한 사람은 옐리세이 보드로프라는 이로 그리 부유한 편이 아니었다. 예핌은 점잖은 성격의 농부로, 보드카를 마시지 않는 것은 물론 담배도 피우지 않았다. 코담배(콧구멍에 대고 향기를 맡거나 약간 들이마시는 가루담배—옮긴이)를 맡는 일도 없었으며, 태어난 이후 욕설을 입에 담아 본 적도 없었다. 엄격하고 야무진 성격으로 두 번이나 촌장을 지냈으며 두 번 다 별 탈 없이 임무를 마치고 자리에서 물러났다.

그는 대가족의 가장이었다. 두 아들 외에도 이미 장가를 든 손자가 있었는데, 모두 한집에서 같이 살았다. 그는 몹시 솔직한 성격에다 털북숭이였다. 어찌나 건강한지 나이가 일흔이 되어서야 비로소 턱수염에 흰 털이 보이기 시작했다.

옐리세이는 부유하지도 가난하지도 않은 노인이었다. 전에는 목수 일을 했으나, 나이를 먹은 뒤로는 집에서 꿀벌을 쳤다.

두 아들 중 한 명은 밖으로 벌이를 하러 다녔고, 또 한 명은 집에서 일을 하고 있었다. 옐리세이는 마음씨가 곱고 명랑한 사람이었다. 보드카도 마시고 담배도 피웠다. 그리고 노래 부르는 것을 좋아했다.

옐리세이는 키가 작달막하고 얼굴빛이 거무스름했다. 곱슬곱슬한 턱수염을 기르고 있었으며, 자기와 같은 이름의 예언자인 성 옐리세이와 마찬가지로 머리가 훌렁 벗겨졌다. 그는 겸손한 성격으로 식구들이나 이웃 사람들과 사이좋게 지냈다.

두 노인은 오래 전부터 같이 떠날 약속을 하고 있었으나 예핌이 오랫동안 틈을 내지 못했다. 그의 일은 끝이 없었다. 한 가지가 끝났다 싶으면 곧 다른 일이 생기곤 했다. 손자를 장가들이고 한숨 돌리려고 하자, 막내 아들이 군대에서 돌아왔다. 그런가 하면 이번에는 집을 새로 짓느라 여유를 낼 수가 없었다.

어느 명절날, 두 노인은 우연히 만나 통나무 위에 나란히 걸터앉았다. 옐리세이가 말했다.

"어이, 여보게! 언제 약속을 지키러 떠날 건가?"

순간 예핌이 얼굴을 찌푸렸다.

"조금만 더 기다려 줘야겠어. 올해는 여간 힘들지가 않아. 처음에 그 집을 지으려고 생각했을 땐 100루블 정도면 될 줄 알았는데, 이미 300루블이나 들어갔는데도 끝이 보이지 않아. 아무래도 여름까진 끌 것 같아. 그렇더라도 올 여름엔 어떻게든 떠나 보자고."

옐리세이가 말했다.

"내 생각엔 그렇게 미루기만 해서는 안 될 것 같아. 마음먹고 떠나야지. 마침 봄이라 떠나기엔 딱 좋은 계절인데."

"때도 때이지만 일을 버려 두고 어떻게 가겠나?"

"아니, 그래, 자네 집엔 그렇게 일을 맡길 사람이 없나? 아들이 다 알아서 할 게 아닌가?"

"뭘 알아서 해! 큰놈이라고 어디 믿음직스러워야 말이지. 엉뚱한 짓을 해 놓을 게 뻔해."

"그렇지 않아. 우리는 어차피 죽을 거잖아. 우리가 없어도 남은 자식들이 알아서 잘해 나간다고. 자네 아들도 그럴 거야. 그러자면 지금부터 일을 배워서 익혀야지."

"그야 그렇지. 하지만 모든 일을 내가 보는 앞에서 해 주었으면 싶거든."

"어이, 여보게나! 이런 일 저런 일 죄다 끝장을 보자면 한이 없어. 암, 한이 없고말고. 바로 얼마 전에 우리 집 여자들이 명절 전에 빨래를 하고 집 안을 치울 작정이었지. 저것을 한다, 이것을 한다 하고 난리를 쳤지만 모든 일이 그렇게 다 뜻대로 되는 것은 아니잖나? 자못 영리한 우리 큰며느리가 이렇게 말하더군. '명절날이 우리를 기다리지 않고 빨리 다가오니까 오히려 고맙지 뭐예요. 그렇지 않으면 아무리 열심히 일을 해도 다 끝낼 수 없었을 테니까요.'라고 말이지."

예핌은 생각에 잠겼다.

"그 공사에 돈을 너무 많이 처넣어서 말이야. 길을 떠나는데 빈손으로 갈 수도 없고, 한두 푼으로는 어림도 없을 테고…….
일도 노상 돈타령이야. 사실 100루블이 적은 돈도 아니잖아."

옐리세이는 웃음을 터뜨렸다.

"자네가 그런 소릴 하면 벌 받아. 자네는 나보다 열 곱절이나 재산이 많지 않은가? 언제 떠날 것인지나 어서 말해 보게. 나도 가진 돈은 없네만 어떻게든 마련이 되겠지."

예핌이 따라 웃으며 말했다.

"야, 대단한 부자로군. 그래, 여행할 돈을 어디서 어떻게 마련할 건가?"

"뭐, 어떻게든 되겠지. 온 집 안을 뒤지면 얼마쯤은 나올 테고, 모자라는 돈은 밖에 세워 놓은 벌통 중 여남은 통을 이웃에 팔면 되지 않을까? 전부터 사겠다고 해 왔으니까."

"그랬다가 나중에 벌통의 수확이 좋으면 속이 상할걸."

"속이 상해? 자네, 그런 말일랑 아예 하지도 말게. 이 세상에는 죄 짓는 것 외에는 속상할 일은 하나도 없어. 영혼보다 더 소중한 건 없으니까."

"그야 그렇지. 하지만 집안이 엉망이어도 좋지 않은 건 마찬가지잖아."

"그것보다는 영혼이 질서가 잡히지 않는 게 더 편치 않을걸. 그야 어떻든, 일단 약속을 한 거니까 얼른 떠나자고. 정말 떠나자니까."

2

옐리세이는 이렇게 친구를 설득했다. 예핌은 밤새도록 고민을 하고는, 이튿날 아침 일찍 옐리세이를 찾아갔다.

"그럼 떠나세. 자네 말이 맞아. 인간이 죽고 사는 것은 모두 신의 뜻이야. 기운이 남아 있을 때 가 보고 싶어."

일주일 후, 두 노인은 길을 떠날 채비를 차렸다. 예핌은 가진 돈이 많았기에 100루블을 여비로 챙기고, 나머지 200루블은 아내에게 맡겨 두었다. 옐리세이도 떠날 준비를 서둘렀다. 벌통들 가운데 열 통과 그 벌통에서 생기는 새끼 벌들을 이웃 사람에게 팔아넘기기로 하고 70루블을 마련하였다.

모자라는 돈 30루블은 가족에게 조금씩 받아서 채워 넣었다. 늙은 아내는 죽을 때 쓰려고 모아 두었던 돈을 기꺼이 내놓았고, 며느리는 그동안 저축해 둔 돈을 내놓았다.

예핌은 떠나기 전, 큰아들을 불러 이것저것 지시를 하였다. 목초지의 풀을 어디서 얼만큼 베어야 하는지, 거름은 어디로 날라야 하는지, 새로 짓는 집은 어떻게 마무리해야 하는지, 지붕은 어떤 식으로 얹어야 하는지……. 처리해야 할 문제들을 곰곰이 생각한 후 일일이 일러두었다.

하지만 옐리세이는 그렇게 하지 않았다. 기껏해야 아내에게 팔아넘긴 벌통에서 생긴 새끼 벌들은 따로 길러서 잊지 말고 이웃 사람에게 건네주라고 당부했을 뿐이었다. 집안일에 대해서는 한 마디도 지시하지 않았다. 일이란 건 맞닥뜨려서 풀어 나가다 보면 절로 해법이 찾아지는 법 아닌가. 저마다 자기 자신의 주인이므로 스스로를 위해 최선을 다할 것이기 때문이었다.

두 노인은 준비를 모두 마쳤다. 그들은 집에서 부꾸미(찹쌀가루나 밀가루, 수숫가루 등을 반죽한 뒤 둥글넓적하게 만들어 지진 떡. 빈대떡과 비슷하게 생겼음—옮긴이)를 부치고 자루를 짓고 각반(무릎 아래 다리에 감는, 헝겊으로 만든 띠—옮긴이)을 마름질했다. 그러고 나서 새로 지은 부드러운 장화를 신은 다음, 도중에 갈아 신을 나무껍질로 만든 신을 몇 켤레 챙겼다. 식구들은 동구 밖까지 따라 나와 배웅을 하며 작별 인사를 했다.

마침내 두 노인은 나그네 길에 올랐다. 옐리세이는 들뜬 마음으로 집을 나섰다. 마을에서 멀어지기 시작하자 집안일 따위는 죄다 잊어버렸다. 머릿속에 떠오르는 것은 오로지 만족스런 여행을 하도록 해야겠다는 것뿐이었다. 그러자면 여행하는 동안 친구의 마음을 상하게 하는 일이 없도록 하고, 되도록이면 언짢은 말 같은 것은 삼가는 것이 좋을 듯했다.

옐리세이는 길을 걷는 내내 입 속으로 기도문을 외며, 자기가 알고 있는 성자의 전기를 펼쳐 보곤 하였다. 그러면서 뜻하지 않게 누군가와 동행이 되거나 하룻밤을 묵는 일이 생기면 살뜰하게 응대해서 신의 뜻을 거스르는 일이 없도록 하자고 다짐했다. 그러자 가슴속 깊이 기쁨이 차올랐다.

그런데 옐리세이의 마음대로 안 되는 일이 딱 한 가지 있었다. 코담배를 끊어 보려고 일부러 자작나무 껍질로 만든 쌈지를 집에 두고 왔건만, 시간이 지날수록 그것이 아쉬워서 견딜 수 없을 지경이었다. 결국 참지 못하고 도중에 어떤 사람에게서 코담배를 얻고 말았다. 하지만 친구까지 죄를 짓게 해서는 안 된다는 생각에 몇 걸음 뒤처져서 코담배 냄새를 맡곤 했다.

예핌 역시 기분이 좋은 듯 기운차게 걸어갔다. 그런데 이상한 일은 나쁜 짓을 하지도 않고 쓸데없는 말을 지껄이지도 않았는데 마음속 한켠이 편치가 않은 것이었다. 집안일에 대한 걱정이 한시도 머리에서 떠나지 않았기 때문이다. 시시때때로 집안에 벌여 놓은 일들이 생각났다. 아들에게 일러 놓은 일들이 제대로 처리되고 있을까? 행여 잊어버리지는 않았겠지?

들판에서 농부가 감자를 심거나 거름을 나르는 것을 보면 걱정이 한층 깊어지곤 했다. 아들이 자기가 지시한 대로 잘하고 있는지 궁금해서 견딜 수가 없었다. 마음 같아서는 당장이라도 집으로 되돌아가서 모든 것을 자기 손으로 처리해 버리고 싶었다.

3

두 노인은 오 주일 동안 계속해서 여행을 했다. 여행을 하는 내내 걸어 다녔기 때문에 집에서 삼아 온 나무껍질 신은 이제 다 떨어져 버렸다. 나무껍질 신을 새로 장만해야 할 즈음, 그들은 소러시아에 다다랐다. 집을 떠난 후 식사를 하거나 잠을 잘 때마다 돈을 치렀는데, 이곳에서는 이상하게 사람들이 앞다투어 두 노인을 자기 집으로 모시려 하였다. 식사를 대접하고 잠자리를 제공한 뒤에도 돈을 받으려 하지 않았다. 여행 중에 먹으라고 자루 속에 빵이랑 부꾸미를 잔뜩 챙겨 넣어 주기까지 하였다.

덕분에 두 노인은 700베르스타(옛 러시아의 길이의 단위. 1베르스타는 1,067킬로미터—옮긴이)나 되는 길을 홀가분하게 걸어갈 수 있었다. 그러다 도(道) 경계 지역을 하나 지나 흉년이 든 마을에 당도했다. 거기서는 잠은 거저 재워 주었으나 먹여 주지는 않았다. 그 누구도 빵을 주지 않았는데, 어떤 때는 돈을 내고도 빵을 살 수가 없었다.

사람들의 이야기로는 지난해에 수확이 하나도 없었다는 것이다. 몇몇 부자들은 양식을 구하기 위해 재산을 모두 팔았으며, 중산층에 속하는 사람들도 모두 빈털터리가 되었다. 가난뱅이는 아예 다른 마을로 떠나거나 동냥질을 나서거나 집 안에 들어앉아 꼼짝하지 않은 채 하루하루를 간신히 넘기고 있다고 하였다. 겨우내 그들은 밀기울(밀을 빻아 체로 가루를 내고 남은 찌끼—옮긴이)과 명아주로 끼니를 잇고 있었다.

두 노인은 이웃에 있는 큰 마을로 옮겨 갔다. 그곳에서 하룻밤을 묵은 다음 빵을 15푼트(옛 러시아의 무게 단위. 1푼트는 409.5그램—옮긴이)가량 샀다. 그러고는 동이 트기 전에 길을 떠났다. 날이 뜨거워지기 전에 조금이라도 더 걷기 위해서였다.

10베르스타쯤 걸어갔을 때 개울이 나타났다. 그들은 개울가에 자리를 잡아 앉은 다음 컵에 물을 떠서 빵을 축여 가며 먹고는 나무껍질 신을 갈아 신었다. 얼마나 쉬었을까. 갑자기 옐리세이가 품속에서 코담배 쌈지를 꺼냈다. 그것을 보고 예핌이 머리를 저었다.

"왜 그런 좋지 못한 버릇을 고치지 못하나!"

옐리세이는 한쪽 손을 홰홰 내저으며 대답했다.

"나는 죄에 빠지고 말았어. 도저히 안 되는군."

두 사람은 일어나 다시 걷기 시작했다. 거기서 다시 10베르스타쯤 지났을 때 큰 마을이 눈앞에 나타났다. 하지만 그들은 그냥 지나쳐 버렸다. 어느새 볕이 뜨거워져 있었다. 옐리세이는 너무나 지쳐 잠시 쉬면서 물을 한 모금 마시고 싶었으나 예핌은 도무지 걸음을 멈추지 않았다. 예핌의 걸음이 얼마나 빠른지, 옐리세이는 그 뒤를 따라가는 것조차 힘겨울 지경이었다.

"물을 좀 마셨으면……."

"그럼 마시지 그래? 난 괜찮아."

옐리세이는 걸음을 멈추었다.

"그럼 기다리지 말고 먼저 가게나. 나는 저 농가에 달려가서 물을 마신 다음 곧바로 따라붙을 테니까."

"그래, 알았어."

예핌은 이렇게 대답한 뒤 부지런히 앞으로 걸어갔다. 옐리세이는 곧장 농가 쪽으로 꺾어 들었다. 잠시 후 진흙벽의 자그마한 오두막이 나타났다. 윗부분은 흰색이었지만 아래쪽은 꺼멓게 그을려 있었다. 오래도록 손을 보지 않았는지 여기저기 진흙이 벗겨진 데다 지붕은 한쪽 옆구리가 벌어지기까지 했다.

오두막은 마당으로 출입하게 되어 있었다. 옐리세이는 마당으로 들어갔다. 문 옆에 사람이 드러누워 있는 게 바라다보였다. 그 사람은 비쩍 마른 몸매에 턱수염이 하나도 없었는데, 소러시아 사람들이 흔히 그렇듯 루바슈카에 바지만 걸치고 있었다. 시원한 그늘을 찾아서 드러누워 있는 듯했지만, 이미 해가 똑바로 그의 얼굴로 내리쬐고 있었다. 다가가서 보니 그 사람은 잠을 자고 있는 게 아니었다. 옐리세이는 물을 마실 수 있느냐고 물어보았다. 하지만 그 사람은 아무런 반응이 없었다.

'꽤나 무뚝뚝한 사람인 모양이군. 그렇지 않다면 앓고 있는 것이든가…….'

옐리세이는 이렇게 생각하며 문께로 다가갔다. 그러자 오두막 안에서 어린아이의 울음소리가 들려왔다. 옐리세이는 문의 손잡이를 지팡이로 툭툭 쳤다.

"안녕하십니까? 주인장 계십니까?"

아무런 대답이 없었다. 사람이 움직이는 기척도 없었다.

"아무도 안 계십니까!"

그래도 반응이 없었다. 옐리세이가 포기를 하고 막 돌아서려는 순간, 문 뒤에서 누군가의 신음 소리가 들렸다.

'이 집 사람들에게 무언가 불행이 일어난 모양이군. 한번 들여다봐야겠어.'

옐리세이는 오두막 안으로 들어갔다.

4

옐리세이는 문의 손잡이를 돌려보았다. 잠겨 있지 않았다. 문을 열고 복도로 들어서니, 방으로 통하는 문이 열려 있었다. 왼편에는 페치카가 있었고, 정면의 귀퉁이에 제단과 테이블이 있었으며, 테이블 뒤에는 의자가 놓여 있었다. 의자에는 머리에 플라토크도 쓰지 않은 채 속옷 바람의 할머니가 걸터앉아서는 테이블 위에 머리를 올려놓고 있었다. 그 곁에서는 비쩍 마른 몸체에 마치 밀랍으로 만든 듯 배만 불룩한 사내아이가 할머니의 옷소매를 잡아당기며 칭얼대고 있었다.

옐리세이는 그 방으로 들어갔다. 방 안에서는 숨이 막힐 듯 고약한 냄새가 풍겨 나왔다. 페치카 뒤의 침상에 여자가 엎드려 있는 것이 보였다. 그녀는 이쪽으로는 고개도 돌리지 않은 채 연신 신음 소리를 내면서 한쪽 다리를 폈다 오므렸다 하였다. 그녀의 몸에서 코를 찌르는 악취가 풍겨 오고 있었다. 대소변을 가리지 못하는 듯이 보였는데, 그것을 치우는 사람이 아무도 없는 모양이었다.

그때 할머니가 고개를 들어 침입자를 보았다.

"뭐요? 무슨 일이오? 누군지 모르지만 여기에는 아무것도 없어요."

옐리세이는 그녀의 말에 아랑곳하지 않고 가까이 다가가 이렇게 말했다.

"할머니, 물 좀 얻어 마시려고 들어왔어요."

"물을 길어 줄 사람이 없어요. 길을 것도 없고요. 우물로 가서 손수 길어 마셔요."

"어떻게 된 겁니까? 이 집엔 성한 사람이 한 명도 없나요? 이 아주머닐 돌봐줄 사람도 없고요?"

옐리세이가 물었다.

"아무도, 아무도 없어요. 마당에서는 이 집의 가장이 죽어 가고 있고, 여기엔 우리뿐이에요."

사내아이는 낯선 사람을 보고 잠시 입을 다무는 듯하더니, 할머니가 입을 열자 다시 옷소매를 붙잡고 늘어지며 칭얼거리기 시작했다.

"빵 줘. 할머니, 빵!"

옐리세이가 할머니에게 다시 질문을 하려는 순간, 마당에 있던 농부가 구르듯이 방 안으로 들어왔다. 그는 벽을 짚으며 간신히 몇 걸음 옮기고는 의자에 앉으려 하다가 끝내 다다르지 못하고 문지방 옆에 쓰러져 버렸다. 그는 일어나지 않은 채 그 자리에서 말을 하기 시작했다. 한 마디 하고는 말을 끊고, 또 한 마디 하고는 숨을 몰아쉬면서 힘겹게 말을 이어 갔다.

"마을에 전염병이 돈 데다가…… 흉년까지 들었습죠. 저놈도 지금 굶어 죽어 가고 있어요!"

농부는 사내아이를 턱으로 가리키며 울음을 터뜨렸다. 옐리세이는 등에 짊어진 자루를 벗어서 바닥에 내려놓다가 다시 의자 위에 올려놓고는 서둘러 끄르기 시작했다. 그러고는 그 안에서 빵과 나이프를 꺼낸 다음 한 조각을 잘라 농부에게 주었다. 농부는 그것을 받으려 하지 않고 사내아이와 계집아이 쪽을 가리켰다. 그들에게 주라는 뜻이었다.

옐리세이는 빵 한 조각을 사내아이에게 주었다. 사내아이는 빵 냄새를 맡자 두 손을 뻗어서 덥석 움켜잡고는 빵에 코를 들이박았다.

잠시 후 페치카 뒤에 있던 계집아이가 앞으로 기어 나와 빵을 뚫어지게 보았다. 옐리세이는 그 계집아이에게도 빵을 한 조각 잘라 주었다. 그리고 또 한 조각을 잘라 할머니에게 주었다. 할머니는 그것을 받아 들자마자 씹기 시작했다.

"물을 길어다 주셨으면 좋겠어요. 모두 목말라 하고 있어요. 오늘인가 어제인가 기억이 가물가물하지만, 물을 길으러 갔다가 집 안으로 들어오기도 전에 쓰러져 버렸지요. 그러니까 물통이 바깥에 있을 거예요. 혹시 누가 가져갔다면 모르지만."

옐리세이는 할머니에게 우물이 어디 있는지 물어보았다. 할머니가 가르쳐 준 대로 가 보았더니 진짜로 물통이 바닥에 뒹굴고 있었다.

그는 물을 길어다 사람들에게 실컷 마시게 했다. 할머니와 아이들은 물을 마셔 가며 빵을 먹었으나 농부는 조금도 입에 대지 않았다. 그는 이렇게 말했다.

"입맛이 없어서요."

여자는 숫제 일어나려고도 하지 않았다. 여전히 정신을 차리지 못한 채 나무 침대 위에서 몸부림만 칠 뿐이었다.

옐리세이는 곧장 가게로 달려가서 쌀과 소금, 밀가루, 버터 등을 사 왔다. 그리고 도끼를 찾아 장작을 팬 뒤 페치카에 불을 지폈다. 계집아이가 일손을 거들었다. 얼마 후 옐리세이는 수프와 죽을 쑤어 사람들에게 먹였다.

5

농부와 할머니는 죽을 조금씩 먹었다. 하지만 사내아이와 계집아이는 그릇 바닥까지 싹싹 핥아먹고 난 후 서로를 부둥켜안고 누워 잠이 들어 버렸다.

농부와 할머니는 자기들이 어쩌다 이렇게까지 되었는지 들려주었다.

"우리는 그다지 넉넉한 살림은 아니지만 그런대로 큰 아쉬움 없이 살아왔어요. 그런데 올해엔 추수할 만한 것이 없어서 가을부터 내내 남아 있던 곡식으로 연명을 했습니다. 그마저 떨어지자 마을 사람들을 찾아 다니며 사정을 하게 되었고요. 처음엔 사람들이 이것저것 나눠 주었지만 나중에는 하나 둘 거절을 하기 시작하더군요. 그 사람들도 그러고 싶어서 그러겠습니까? 나눠 주고 싶어도 그럴 만한 것이 없으니 어찌하겠습니까? 사정을 하는 우리도 몹시 부끄러웠고요. 이 사람 저 사람 찾아 다니며 돈과 밀가루, 빵을 계속해서 꾸었으니까요."

농부는 말을 이었다.

"나는 일거리를 찾기 위해 이곳저곳 돌아다녔으나 할 만한 게 없었습니다. 어딜 가나 사람들이 입에 풀칠이나마 하려고 몰려들었어요. 어쩌다 운이 좋아 하루는 일을 한다 해도, 그 이튿날이 되면 또다시 일을 찾아 헤매지 않으면 안 되었습니다. 결국 어머니와 딸아이가 이웃 마을로 동냥을 하러 떠났지요. 하지만 그 누구에게도 빵이 없으니 변변한 먹을거리를 얻어 올 리가 없었습니다. 그래도 그때는 굶어 죽지 않을 만큼은 입에 풀칠을 했습니다. 구차하지만 어떻게든 곡식을 거둘 때까지는 연명해 나갈 생각이었어요. 그런데 글쎄, 올 봄부터는 동냥을 주는 집이 하나도 없는 데다 전염병까지 돌지 않았겠습니까? 사정은 날로 나빠져서 하루를 먹으면 이틀은 굶어야 했지요. 마침내 풀까지 뜯어먹게 되었답니다. 그 풀 때문인지 아니면 다른 이유가 있는지 모르겠지만 아내가 갑자기 병을 얻어 쓰러졌습니다. 결국 몸져눕고 말았지요. 나에게는 아무런 힘이 없으니 그저 암담할 뿐입니다."

할머니가 농부의 말을 이었다.

"나 혼자 정신없이 구걸을 하러 다녔지만 어디에서든 먹을 게 나와야 말이죠. 오랫동안 먹지 못하니 기운이 빠져서 몸이 약해질 대로 약해져 버렸습니다. 계집아이마저 몸이 허약해지더니 급기야 무섬증까지 생겨서 이웃집에 심부름조차 가질 않으려 하더군요. 그 뒤로 구석에 숨어 꼼짝도 하지 않고 있어요. 그저께 이웃집 아주머니가 들렀다가 온 식구가 굶고 병들어서 쓰러져 있는 것을 보고는 깜짝 놀라 돌아서 버리지 뭡니까? 그 아주머니도 남편이 집을 나가는 바람에 어린아이들과 오랫동안 굶주려 있는 상태였거든요. 그런 연유로 이렇게 드러누워 죽을 날만을 기다리고 있었습니다."

옐리세이는 두 사람의 이야기를 듣고 나자 친구를 따라잡아야 한다는 생각을 버리고 그 집에 머무르기로 했다. 이튿날 아침, 그는 일어나자마자 마치 자기가 이 집의 주인이라도 되는 듯이 서둘러 일을 하기 시작했다. 할머니와 둘이서 밀가루를 반죽하고, 페치카에 불을 지피고, 계집아이와 같이 필요한 물건을 구하러 이웃집을 돌아다녔다.

이것저것 필요한 것들을 생각하며 찾아보았으나 아무것도 발견할 수가 없었다. 모조리 먹을 것과 바꿨기 때문이다. 연장도 없고 옷가지도 없었다. 계집아이와 옐리세이는 필요한 물건들을 하나하나 갖추어 나갔다. 손수 만들기도 하고 밖에서 사 오기도 했다.

이렇게 하여 옐리세이는 그 집에서 사흘을 묵었다. 그사이 사내아이는 기운을 되찾았다. 옐리세이를 아주 잘 따랐으며, 이따금 가게에 심부름을 가기도 했다. 계집아이도 매우 명랑해져서 무슨 일이든 거들려고 나섰다. "할아버지, 할아버지!" 하면서 옐리세이의 뒤를 졸졸 따라다녔다. 할머니도 일어나 이웃집에 드나들기 시작했으며, 농부도 벽을 짚고 걸을 수 있게 되었다. 드러누워 있는 사람은 농부의 아내뿐이었는데, 사흘째 되는 날에는 그녀도 정신을 차리고 먹을 것을 청했다.

그것을 보며 옐리세이는 이렇게 생각했다.

'이렇게 오랜 시간을 보낼 생각은 아니었는데……. 이제 그만

떠나야겠군.'

6

그 집에 머문 지 나흘째가 되었다. 그날은 금육재(가톨릭에서, 사순절의 매주 금요일과 첫 수요일에 육식을 끊고 재계하는 일—옮긴이) 뒤의 첫 육식일이었다. 옐리세이는 마음속으로 이렇게 생각했다.

'이 집 식구들과 함께 사순절 뒤의 첫 육식을 하고, 명절 선물로 먹을 걸 좀 사 준 다음 저녁에 떠나리라.'

그날도 옐리세이는 가게에서 우유와 밀가루, 기름 따위를 사가지고 와서 할머니와 함께 지지고 굽고 하였다. 그리고 아침나절에 미사를 다녀온 다음 그 집 식구들과 함께 금육 후 처음으로 고기를 먹었다.

농부의 아내도 자리에서 일어나 집 안을 슬슬 거닐었다. 농부는 수염을 깎고 깨끗이 빤 루바슈카를 입은 후, 마을에서 가장 부유한 농부를 찾아갔다. 그 부유한 농부에게 밭과 목초지를 저당잡혔는데, 햇곡식이 나기 전까지만 그 밭과 목초지를 넘겨 달라고 사정을 하러 간 것이었다. 하지만 얼마 후, 농부는 어깨를 늘어뜨리고 돌아와 울음을 터뜨렸다. 부유한 농부가 그러고 싶으면 돈을 먼저 갖고 오라고 인정사정없이 말했다는 것이다.

엘리세이는 다시 생각에 잠겼다.

'이 사람들은 이제 어떻게 살아가야 하는가? 사람들은 모두 풀을 베러 가는데, 목초지가 저당잡혀 있으니 아무것도 할 일이 없다. 호밀이 익으면 사람들은 추수를 할 텐데 이 사람들은 아무것도 기다릴 것이 없다. 이들의 밭은 이미 부유한 농부에게 저당잡혀 버렸으니까. 내가 가고 나면 이 사람들은 또 예전으로 돌아갈 테지.'

엘리세이는 머릿속이 복잡해져서 출발을 다음 날 아침으로 미루었다. 그러고는 마당으로 나가 기도를 올린 다음 잠을 자기 위해 바닥에 드러누웠다. 그러나 좀처럼 잠이 오지 않았다. 그동안 돈을 많이 쓴 데다 시간마저 잔뜩 허비해 버려서 하루라도 빨리 출발을 하지 않으면 안 되는 상황이었다. 하지만 이 집 사람들이 가엾게 느껴져서 발걸음이 떨어지지 않았다.

처음에는 물이나 길어다 주고 빵이나 한 조각씩 먹일 셈이었다. 하지만 그것으로는 눈곱만치도 티가 나지 않았다. 이제는 부유한 농부에게 저당잡힌 밭과 목초지를 찾아 주지 않으면 안 되게 생겼다. 밭을 찾아 주고 나면 아이들에게 우유를 먹일 수 있도록 젖소도 사 주어야 될 것 같았다. 그것 외에도 농부에게는 밀짚단을 실어 나를 말을 사 주어야 했다.

'어이, 엘리세이 보드로프! 너, 단단히 말려들었구나. 그렇게 다 주어 놓고 어떻게 할 작정인 거야?'

옐리세이는 자리에서 일어나 앉은 다음, 베개로 삼았던 카프탄(터키나 동유럽 사람들이 입는 옆구리 쪽을 길게 튼 상의—옮긴이)을 들고 코담배 쌈지를 꺼냈다. 코담배 냄새를 맡으며 머릿속을 개운하게 하려고 했으나, 어찌 된 일인지 생각에 생각만 꼬리를 물 뿐 이렇다 할 묘안이 떠오르지 않았다.

출발을 하지 않으면 안 되는 상황이었지만 이 집 사람들이 가여워서 차마 그렇게 할 수가 없었다. 어떻게 해야 할지 몰랐다. 카프탄을 둘둘 말아 베개로 삼고는 다시 드러누웠다. 멀리서 닭 울음소리가 들리는가 싶더니, 어느 틈엔가 까무룩 잠이 들었다.

문득 누군가가 자신을 깨우는 듯한 느낌이 들었다. 어느새 그는 여장을 갖추고 있었다. 어깨에는 자루를 짊어지고 있었고, 손에는 지팡이를 들고 있었다. 대문 밖으로 나가야 한다는 생각이 들어서 그쪽을 바라다보니, 사람 한 명이 간신히 빠져나갈 만큼 문이 열려 있었다. 대문 쪽으로 몇 발짝 옮겼을 때, 자루가 무언가에 걸렸다. 그것을 빼려고 손으로 잡아당기자, 이번에는 각반이 무언가에 걸려서 풀어져 버렸다. 울타리에 걸린 것이려니 생각하며 뒤를 돌아다보니, 뜻밖에도 계집아이가 자루를 움켜잡은 채 이렇게 외치고 있었다.

"할아버지, 할아버지, 빵 좀 주세요!"

사내아이는 각반을 움켜잡고 있었다. 창문으로는 할머니와 농부가 고개를 내밀고 내다보고 있었다.

옐리세이는 깜짝 놀라 잠에서 화들짝 깨어났다. 그러고는 이렇게 혼잣말을 하였다.

"내일은 밭과 목초지를 되찾아 주자. 말도 사 주도록 하고……. 햇곡식이 날 때까지 먹을 수 있도록 밀가루도 사 주고, 아이들에게 우유를 먹일 젖소도 사 주어야겠다. 그렇게 하지 않는다면 일껏 바다를 건너 그리스도를 찾아간들 무슨 소용이 있으랴. 내 안에 있는 그리스도를 잃어버리는 셈이 되는데……. 일단 이 사람들을 도와야 한다!"

옐리세이는 그렇게 생각을 정리한 다음 아침까지 푹 잤다. 그리고 아침 일찍 눈을 뜨자마자 부유한 농부를 찾아가서 호밀을 사고 목초지의 빚을 갚았다. 큰 낫도 되찾아서(그것마저도 팔아먹었던 것이다.) 집으로 가져갔다. 그러고는 농부를 목초지로 내보내 풀을 베게 하였다.

그는 필요한 것들을 구하기 위해 사방으로 돌아다녔다. 어느 주막집 주인이 달구지와 말을 싸잡아 팔려고 내놓은 것을 발견하였다. 그는 그것을 얼른 샀다. 그러고는 밀가루도 한 포대 사서 달구지에 실었다. 이번에는 젖소를 사러 갔다. 가는 길에 소러시아 여자 두 명을 발견하고는 그 뒤를 따라갔다. 그녀들은 걸어가면서 열심히 이야기를 주고받았다. 소러시아 어로 말하고 있었으나 어느 정도는 알아들을 수 있었다. 그녀들은 바로 옐리세이에 관한 이야기를 하고 있었다.

“처음에는 어떤 사람인지 전혀 몰랐대요. 그냥 순례자이려니 여겼다는군요. 물을 얻어 마시러 들렀다가 그대로 눌러앉아 버렸다고 하지요? 정말이지 놀라운 일이지 뭡니까? 그 사람들한테 무엇이든 다 사 준다는 거예요. 오늘도 주막집에서 달구지와 말을 싸잡아 한 대 사 주었다지 뭐예요? 내 눈으로 직접 보기도 했어요. 요즘 세상에 그런 사람이 있다니……. 진짜로 보러 가 볼 만하지요!”

옐리세이는 그녀들이 자기를 칭찬하고 있다는 사실을 알고는 젖소를 사러 가지 않고 곧장 주막으로 되돌아가 말과 달구지의 값을 치렀다. 그러고는 말에 달구지를 채우고 밀가루를 달구지에 실은 다음 오두막으로 돌아왔다. 집 안에 있던 사람들은 말을 보고 깜짝 놀랐다. 자신들을 위해 사 온 것인 줄은 알아차렸으나 감히 입 밖으로 내어 말할 수는 없었다.

농부가 대문을 열면서 말했다.

“아니, 그 말은 도대체 어디에서 사 오신 겁니까, 할아버지?”

“샀어. 마침 싼 것을 만나서 말이야. 밤에 말이 먹을 수 있도록 꼴을 베어서 말구유에 넣어 주게. 그리고 이 자루 좀 끌어내려 주게나.”

농부는 말을 달구지에서 푼 다음 밀가루 포대를 광에 갖다 놓았다. 그리고 꼴을 한 아름 베어다가 말구유에 넣었다. 사람들은 모두 잠자리에 들었다. 옐리세이는 한길에서 잠을 잤다. 저녁에 자신의 자루를 그곳에 내놓았던 것이다. 그는 모두가 잠든 것을 확인하고는 자루를 등에 메고 나무껍질 신을 신은 다음 카프탄을 걸쳤다. 그리고 예핌의 뒤를 쫓기 위해 서둘러 길을 나섰다.

7

옐리세이는 5베르스타쯤 갔다. 날이 밝아 오고 있었다. 그는 나무 밑에 앉아 자루를 열고는 돈을 세어 보았다. 17루블 20코페이카가 남아 있었다.

'이 돈으로는 바다를 건너지 못하겠구먼. 그리스도의 이름을 팔아 돈을 모았다가는 더 큰 죄를 짓게 마련이지. 예핌 영감이나 대신 촛불을 밝혀 줄 거야. 나는 아무래도 죽기 전에는 숙원을 이루지 못할 것 같군. 하지만 감사하게도 하느님께서는 자비로우시니까 참아 주실 게야.'

옐리세이는 자리에서 일어나 자루를 짊어진 다음 가던 길을 되돌아섰다. 대신 그 마을 사람들의 눈에 띄지 않기 위해 멀리로 둘러서 갔다. 그리고 얼마 후, 집에 도착하였다. 예핌을 뒤쫓아갈 때는 힘이 들어서 영영 그와 만나지 못할 것 같더니, 되돌아가는 길은 마치 신이 걸음걸이를 도와주기라도 하는 듯 지치는 줄을 몰랐다. 콧노래까지 부르면서 지팡이를 내둘렀다. 하루에 70베르스타씩 걸은 듯했다.

옐리세이가 집에 도착했을 때는 벌써 가을걷이가 끝나 있었다. 식구들은 노인의 귀가를 기뻐하며 무엇 때문에 친구와 헤어져 목적지까지 가지 못하고 중도에 돌아왔는지 물었다.

하지만 옐리세이는 그에 대한 답은 하지 않고 이렇게 말할 뿐이었다.

"신의 인도가 없었다. 도중에 돈을 잃어버리는 바람에 친구한테서 떨어질 수밖에 없었어. 그래서 가지 못했구나. 그리스도를 위하여 용서하려무나."

그러고는 할머니에게 남은 돈을 건네주었다. 옐리세이는 집안일에 관해 이것저것 물어보았다. 모든 것이 순조롭게 잘 진행되고 있었다. 농사일에도 허술한 구석이 하나도 없었으며, 집안 식구들도 화목하게 잘 지내고 있었다.

한편 예핌의 집에도 옐리세이가 돌아왔다는 소식이 전해졌다. 그 집에서 예핌의 소식을 듣기 위해 옐리세이를 찾아왔다. 옐리세이는 그들에게도 같은 말을 해 주었다.

"자네 할아버지는 건강하게 잘 가셨네. 나하고는 성 베드로와 성 바오로 사도 대축일 사흘 전에 헤어졌지. 나는 곧 뒤쫓아갈 생각이었는데 일이 이상하게 되는 바람에 그렇게 하지 못했어. 돈을 잃어버렸거든. 아무래도 노자가 모자랄 것 같아서 중도에 그만두고 돌아온 거야."

사람들은 모두 깜짝 놀랐다. 그처럼 현명한 사람이 일껏 성지 순례를 떠났다가 목적지에 닿기도 전에 돈을 잃어버리고 되돌아오다니……. 어쩌다가 그런 바보스런 짓을 했을까? 모두들 놀라움을 감추지 못했지만 오래지 않아 그 일은 잊어버렸다. 옐리세이조차도 까맣게 잊어버리고 예전처럼 다시 집안일에 몰두하였다.

그는 아들과 둘이서 겨울에 땔 장작을 장만하고, 아낙네들과 같이 밀의 낟알을 떨고, 곳간 지붕을 새로 이고, 꿀벌을 돌보고, 열 통의 벌통을 새끼 벌과 함께 이웃에 넘겨주었다. 늙은 아내는 팔아 버린 벌통에서 새끼 벌을 얼마나 쳤는지 숨기려고 했으나, 옐리세이는 이미 어느 통이 새끼를 치고 어느 통이 치지 않았는지 죄다 알고 있었다. 결국 그는 열 통이 아니라 열일곱 통을 이웃에 넘겨주었다.

가을걷이가 끝나자 옐리세이는 아들을 먼 곳으로 품을 팔러 보냈다. 그리고 자신은 집 안에 들어앉아 나무껍질 신을 삼고 벌통으로 쓸 통나무를 팠다.

8

옐리세이가 병자들이 우글거리던 그 오두막에 물을 얻어 마시러 갔던 날, 예핌은 하루 종일 친구를 기다렸다. 그는 걸음을 재촉하지 않고 길가에 앉아 휴식을 취했다. 기다리고 기다리다가 지쳐서 잠이 들기까지 했다. 한잠 자고 깨어나 또다시 친구를 기다렸지만 한참이 지나도 그는 오지 않았다. 예핌은 눈을 크게 뜨고 언제까지고 한곳을 바라보았다. 이미 해는 나무 뒤로 기울었으나 옐리세이는 나타나지 않았다.

그는 이렇게 생각했다.

'벌써 내 곁을 지나가 버린 것 아냐? 혹은 마차를 타고 지나가 버렸든가……. 누가 태우고 갔을지도 모르지. 내가 자고 있어서 알아채지 못한 게 아닐까? 그렇더라도 보이지 않았을 리가 없을 텐데……. 허허벌판이어서 멀리까지 한눈에 내다보이는걸. 내가 온 길로 되돌아가면 오히려 그 친구가 앞으로 더 가 버리겠지. 그러면 거리가 더욱더 벌어질 테니 좋은 방법은 아닌 듯하군. 얼른 앞으로 가는 게 옳을 것 같아. 나중에 숙소에서 만날 수 있겠지.'

얼마 후 마을에 당도하자, 예핌은 옐리세이의 외양을 설명하며 그가 이리로 오거든 자기가 묵고 있는 오두막으로 안내해 달라고 촌장에게 부탁해 놓았다. 그런데 옐리세이는 끝내 숙소에 오지 않았다. 예핌은 다시 앞으로 나아가며 만나는 사람마다 이러이러한 대머리 영감을 보지 못했느냐고 물어보았다. 하지만 보았다는 사람은 아무도 없었다. 예핌은 고개를 갸우뚱거리며 혼자서 계속 걸어갔다. 그러다 이렇게 중얼거리며, 더 이상 생각을 하지 않기로 하였다.

"그래, 오데사나 그리로 가는 배 안에서 만나겠지."

예핌은 길을 가던 중에 순례자 한 명과 동행하게 되었다. 평범한 옷차림에 평범한 모자를 쓴 이 순례자는 이전에 아토스에 가본 적이 있다고 했다. 예루살렘 역시 두 번째로 가는 것이라 했다. 숙소에서 우연히 만나 이런저런 이야기를 나누던 끝에 마음이 맞아 동행이 되기로 하였다.

얼마 후 그들은 오데사에 무사히 도착했다. 꼬박 사흘 동안 배를 기다렸다. 각지에서 온 많은 순례자들이 배를 기다리고 있었다. 여기서도 예핌은 옐리세이에 대해 물어보았으나 보았다는 사람이 한 명도 없었다. 예핌은 그곳에서 여권을 발행하고 수수료로 5루블을 지불했다. 그리고 왕복 뱃삯으로 은화 40루블을 치른 다음 도중에 먹을 빵이랑 청어를 샀다. 배에 짐을 싣는 일이 끝나자, 순례자들은 차례로 본선에 올랐다. 예핌은 순례자와 함께 배에 탔다.

잠시 후 닻이 오르면서 배는 항구를 떠나 바다로 나아갔다. 낮에는 항해하는 데 아무런 문제가 없었으나, 저녁때가 되자 바람이 일고 비가 쏟아지면서 배가 흔들리기 시작했다. 급기야는 바닷물이 갑판으로 넘쳐 들어왔다. 사람들은 이리저리 뒹굴었다. 여자들은 큰 소리로 울부짖었으며, 남자들 중에도 겁이 많은 이는 안전한 장소를 찾아 우왕좌왕했다. 예핌도 겁이 나지 않는 것은 아니었으나 그것을 내색하지는 않았다. 그는 탐보프의 농부들과 바닥에 나란히 앉아서 그날 밤과 다음 날 낮 동안을 보냈다. 그 동안 자기 자루만을 꽉 움켜잡고 있었을 뿐 말 한 마디 하지 않았다.

사흘째 되는 날에야 겨우 바람이 가라앉았다. 그리고 닷새째 되는 날에는 콘스탄티노플에 도착했다. 몇몇 순례자들은 그곳에 내려서 터키의 성(聖) 소피아 대성당을 구경하러 갔다. 하지만 예핌은 배 안에 그대로 남아 있었다. 다만 흰 빵을 조금 샀을 뿐이었다. 배는 꼬박 하루를 정박한 뒤 다시 큰 바다로 나갔다.

스미르나 항에 들른 다음 알렉산드리아 항구에 들렀다가 마침내 야파에 당도했다. 순례자들은 그곳에서 모두 내렸다. 예루살렘까지 걸어서 70베르스타가량 되는 거리였다. 사람들은 배에서 내릴 때에 또다시 아찔한 상황과 맞닥뜨렸다.

기선의 갑판에서 밑에 있는 보트로 사람들을 내던지는데, 보트가 계속해서 흔들리고 있었기 때문에 자칫하다간 바닷물 속에 빠질 수도 있었다. 실제로 두 사람이 바닷물에 빠져 생쥐 꼴이 되었으나, 결국은 모두가 무사히 육지에 당도하였다.

그들은 예루살렘을 향해 걷기 시작했다. 꼬박 사흘을 걸은 끝에 점심때쯤 예루살렘에 도착하였다. 그들은 변두리에 있는 러시아 인 숙소에서 여권 심사를 받은 다음 점심 식사를 하였다. 예핌은 점심 식사를 마친 후 순례자와 둘이서 다시 성지 순례를 떠났다.

주의 관의 참배가 허락되지 않아서 곧바로 총주교 수도원으로 갔다. 거기에는 예배자들이 잔뜩 모였다. 남자와 여자는 자리가 따로 마련돼 있었다. 신발을 벗고 둥그렇게 둘러앉으라고 하였다. 얼마 후 수사 한 명이 수건을 들고 나와서 사람들의 발을 씻어 주기 시작했다. 발을 씻기고 수건으로 닦은 다음 발에다 입을 맞추었다.

밤 기도와 아침 기도를 한 다음 미사를 드렸다. 그리고 촛불을 꽂고 돌아가신 부모님을 위하여 위령 미사를 올렸다. 성찬이 행해졌다. 날이 밝자 이집트의 마리아가 구원을 받았다는 수도원 내의 한 장소로 가서 다시 촛불을 바치고 기도를 올렸다. 그곳에서 다시 아브라함 수도원으로 이동하였다. 아브라함이 신에게 바치기 위해 아들을 죽이려 한 사베크의 정원을 보았다. 다음에는 막달라 마리아에게 그리스도가 모습을 드러내었던 곳과 하느님의 형제 야곱의 교회에 들렀다.

순례자는 일일이 안내를 하면서 가는 곳마다 헌금을 얼마나 해야 하는지 가르쳐 주었다. 점심때가 되어서야 숙소에 돌아와 식사를 하였다. 쉼 없는 여정으로 지친 나머지 막 낮잠을 청하려는 찰나, 순례자가 자신의 옷가지를 이리저리 뒤적거리며 한탄을 하였다.

"아, 지갑을 도둑맞았어. 23루블이 들어 있는 지갑을……. 10루블짜리 두 장에다가 잔돈이 3루블 있었는데."

순례자는 아까워서 어쩔 줄 몰라 했지만 예핌으로서는 어찌 할 수가 없는 일이었다. 그는 아무 말 없이 잠자리에 들었다.

9

예핌은 잠을 자기 위해 눈을 감자 문득 의심이 생겼다.

'저 순례자는 돈을 도둑맞은 게 아니야. 처음부터 돈이 없었던 게지. 지금까지 저 사람이 돈을 내는 것을 본 적이 없잖아. 내게만 내라고 했을 뿐 정작 자기는 한푼도 내놓지 않았어. 그건 그렇고 내게서 1루블까지 빌려 가지 않았나.'

예핌은 곧 그런 생각을 하는 자신을 꾸짖었다.

'내가 왜 사람을 심판하는지 모르겠군. 나는 죄를 짓고 말았어. 다시는 그런 생각을 하지 말아야지.'

하지만 마음처럼 쉽사리 그런 생각이 떨쳐지지 않았다. 잠깐 졸고 나자 다시금 순례자가 돈에만 눈독을 들였던 일과 지갑을 도둑맞았다고 했던 일이 머릿속에 떠올랐다.

'맞아, 돈을 한푼도 가지고 있지 않았던 게야. 주의를 딴 데로 돌리려는 수작이 분명해.'

이튿날 아침, 사람들은 일어나서 부활 대성당 미사를 드리러 주의 관에 갔다. 순례자는 여전히 예핌의 곁을 떠나지 않은 채 함께 움직였다.

얼마 후 성당에 도착했다. 순례하는 사람들은 러시아 인 외에도 그리스 인, 아르메니아 인, 터키 인, 시리아 인 등 각국 각처에서 모여든 듯했다. 예핌은 다른 사람들과 같이 성문(聖門)으로 들어갔다. 수사 한 명이 그들을 안내했다. 이윽고 터키 인 경비원의 곁을 지나 구세주를 십자가에서 내려 기름을 발랐다는, 아홉 개의 큰 촛불이 밝혀져 있는 곳으로 들어갔다.

수사는 일일이 설명을 하면서 안내를 하였다. 예핌은 거기서도 촛불을 바쳤다. 이윽고 수사는 오른쪽에 있는 층계를 올라가 그리스도가 십자가에 못 박혔던 골고다로 안내하였다. 예핌은 거기서도 잠시 기도를 드렸다. 그러고 난 후 땅이 지옥까지 갈라진 틈을 보았고, 그리스도의 손발이 십자가에 못 박혔던 장소, 그리고 그리스도의 피가 아담의 뼈 위로 흘렀다는 아담의 관을 보았다.

그 다음에는 그리스도가 가시관을 쓰고 앉았던 돌, 그리스도가 채찍질을 당할 때 묶였던 기둥, 그리고 그리스도의 발에 채워졌다는 두 개의 구멍 뚫린 돌을 구경했다. 수사는 계속해서 무엇인가를 보여 주려고 했으나 사람들이 자꾸만 서두르는 바람에 그렇게 하지 못했다.

모두들 주의 관이 있는 동굴 쪽으로 걸음을 재촉했다. 거기서는 다른 종파의 의식이 끝나고 러시아 정교회의 미사가 시작되고 있었다. 예핌은 사람들과 함께 동굴로 들어갔다. 그는 어떻게

든 순례자에게서 떨어지고 싶었다. 마음속으로 순례자에게 죄를 짓고 있기 때문이었다.

순례자는 잠시도 예핌의 곁을 떠나려 하지 않았다. 결국 주의 관 미사에도 함께하였다. 두 사람은 되도록이면 관에 가까이 다가서고 싶었으나 제시간에 이르지 못했다. 사람들이 한꺼번에 몰려드는 바람에 앞으로 나가지도 못하고 뒤로 물러나지도 못하는 지경이 되었다.

예핌은 앞을 바라보고 서서 기도를 드리면서도 수시로 지갑이 무사한지 손으로 더듬어 보곤 했다. 예핌의 마음은 둘로 나뉘고 있었다. 순례자가 자신을 속이고 있다는 생각과, 지갑을 도둑맞았다는 게 사실일지도 모른다는 생각이었다. 만약 두 번째가 사실이라면 자신에게는 제발 그런 일이 일어나지 않기를 간절히 바랐다.

10

예핌은 주의 관 앞에서 기도를 드리면서, 서른여섯 개의 등불이 타고 있는 위쪽의 회당을 바라보고 있었다. 꼼짝도 하지 않은 채 사람들의 머리 너머를 주시하였다. 그런데 이 무슨 불가사의한 일인가! 성화가 타고 있는 등불 바로 아래 맨 앞줄에 허름한 카프탄을 걸친 자그마한 노인이 서 있는 게 보였다. 그런데 그가 옐리세이와 똑같이 대머리를 반짝이고 있었다.

'영락없이 옐리세이를 닮았잖아? 하지만 옐리세이일 리가 없지. 그가 나보다 먼저 당도했을 리가 없어. 우리가 탄 기선보다 앞의 것은 일주일이나 먼저 떠났다고 하질 않던가. 그러니 그가 나를 앞질렀을 리가 없지. 우리가 탔던 배도 샅샅이 뒤졌지만 없지 않았나. 순례자들을 죄다 낱낱이 살펴보았는걸.'

예핌이 그런 생각에 빠져 있을 때, 그 자그마한 노인은 기도를 하면서 머리를 세 번 조아렸다. 한 번은 앞쪽의 신에게, 다음은 좌우의 러시아 정교 신자들에게 하였다. 이윽고 노인이 얼굴을 돌리자 예핌은 그를 단박에 알아보았다. 옐리세이였다. 거무스름하고 곱슬곱슬한 턱수염, 희끗희끗한 구레나룻, 게다가 눈썹·눈·코의 윤곽 역시 바로 그 사람이었다. 옐리세이가 틀림없었다. 친구를 찾았다는 생각에 기쁨을 감출 수 없었으나, 옐리세이가 어떻게 자신보다 먼저 당도할 수 있었는지 그것이 더 놀랍게 느껴졌다.

'놀라운 일인걸. 옐리세이가 어떻게 나보다 앞서 기어 들어왔어그래? 아마도 그럴 만한 사람의 안내를 받은 모양이군. 잘됐어. 출구에서 그를 붙잡은 다음에 순례자를 따돌리면 되겠는걸. 이제 저 친구와 같이 다녀야지. 그러면 그가 나를 더 앞쪽으로 안내할는지도 모르잖아.'

예핌은 행여 옐리세이를 놓칠세라 줄곧 앞쪽으로 눈길을 보내고 있었다. 얼마 후 미사가 끝나자 사람들이 움직이기 시작했다. 십자가에 입을 맞추려고 밀고 당기고 하다가 예핌은 그만 옆으로 밀려나 버렸다. 순간 지갑을 도둑맞는 게 아닌지 걱정이 되었다. 두려움이 그를 덮쳤다. 예핌은 한 손으로 지갑을 꽉 누르고는 어떻게든 덜 붐비는 데로 빠져나가기 위해 사람들을 헤치며 앞으로 나아갔다. 그는 간신히 덜 혼잡한 데로 빠져나와서는 성당 안에서 왔다 갔다 하며 옐리세이를 찾았다.

성당 안 수사들의 방에는 여러 나라의 사람들이 가득 들어차 있었다. 음식을 먹거나 술을 마시는 사람, 자고 있는 사람, 책을 읽는 사람……, 별의별 사람들이 다 있었다. 하지만 옐리세이는 아무 데도 없었다. 예핌은 곧장 숙소로 돌아가 보았으나 거기에서도 친구의 모습은 보이지 않았다.

그날 저녁 순례자는 돌아오지 않았다. 어디론가 자취를 감추어 버렸다. 그는 결국 빌려 간 1루블을 돌려주지 않았다. 어찌됐든 그 일로 예핌은 외돌토리가 돼 버렸다.

이튿날 아침, 예핌은 다시 주의 관으로 참배를 하러 갔다. 이번에는 배 안에서 만난, 탐보프에서 온 노인과 함께였다. 앞쪽으로 가려고 했으나 또다시 밀려나 기둥 옆에 서서 기도를 드리게 되었다. 그는 또다시 앞쪽을 바라보았다. 전날처럼 주의 관 바로 옆 맨 앞줄에 옐리세이가 서 있었다. 옐리세이는 신부처럼 제단 앞에서 두 팔을 벌린 채 대머리를 반짝이고 있었다.

'그래, 이번에는 꼭 놓치지 않으리라.'

예핌은 이렇게 생각하며, 사람들을 헤치고 앞쪽으로 나아갔다. 하지만 그사이 옐리세이는 어디론가 가 버리고 없었다. 사흘째 되는 날에도 예핌은 주의 관 옆에서 옐리세이를 보았다. 지성소(至聖所)고대 예루살렘 성전에서 가장 깊숙한 곳에 자리잡고 있던 가장 거룩한 장소에서 가장 눈에 잘 띄는 곳에 서서 두 팔을 벌리고는, 마치 머리 위에 무엇이 있기라도 한 듯 우러러보고 있었다. 이번에도 그의 머리는 온통 빛나고 있었다.

'됐다. 이번에야말로 내가 놓치나 봐라. 출구에 가서 서 있자. 거기에서는 엇갈리지 않겠지.'

예핌은 출구 쪽으로 가서 한참 동안 서 있었다. 반나절이 지나도록 서 있었다. 사람들은 모두 지나가 버렸다. 그러나 옐리세이는 보이지 않았다.

예핌은 예루살렘에 여섯 주 동안 머무르면서 베들레헴과 베다니, 요르단 강, 그리고 그 밖의 여러 곳을 가 보았다. 주의 관 옆에서 수의로 쓸 루바슈카에 도장을 받기도 했고, 요르단 강의 물을 조그만 유리병에 담기도 했으며, 흙과 신의 은혜의 불이 타고 있는 초를 얻기도 했다. 위령 미사를 여덟 군데에서나 올리는 바람에 돈을 모조리 써 버리고 집으로 돌아갈 여비만 간신히 남겨 두었다. 예핌은 이제 집으로 돌아갈 채비를 하였다. 야파에서 오데사까지 배를 타고 간 다음 걸어서 집으로 향했다.

11

예핌은 갈 때와 똑같은 경로로 걸어갔다. 집이 가까워지자, 자기가 집을 비운 사이 가족들이 어떻게 지냈는지 걱정이 되기 시작했다.

'일 년이면 물도 많이 흘러간다. 한 집안을 일으키자면 한평생 걸리지만, 그것을 없애는 데는 조금도 오래 걸리지 않는다. 내가 없는 동안 아들 놈은 집안일을 어떻게 처리했을까? 봄 농사는 어떻게 되었을까? 소와 말은 겨울을 무사히 넘겼을까? 새로 지은 집은 내가 지시한 대로 마무리되었을까?'

얼마 후 예핌은 지난해에 옐리세이와 헤어졌던 자리에 다다랐다. 사람들의 모습이 많이 달라져 있었다. 지난해에는 가난에 찌들어 있었던 사람들이 이제는 모두 넉넉하게 살아가고 있었다. 밭의 곡식도 풍작이었다. 사람들은 살기가 좋아져서 그런지, 이전의 고생 같은 것은 깡그리 잊어버린 듯했다.

저녁나절이 되자, 지난해에 옐리세이를 홀로 남겨 두고 떠났던 바로 그 마을에 이르렀다. 마을에 발을 들여놓자마자, 흰 루바슈카를 입은 소녀가 어느 오두막에서 뛰어나왔다.

"할아버지! 할아버지! 우리 집에 들렀다 가세요!"

예핌은 그냥 지나치려고 했으나 소녀가 생글생글 웃으면서 오두막 쪽으로 그의 옷자락을 잡아끌었다. 입구로 다가가자 사내아이를 데리고 층계참에 나와 있던 여자가 손짓을 하며 반갑게 불렀다.

“할아버지, 이리로 오셔서 저녁 잡수시고 가세요. 주무셔도 좋아요.”

예핌은 기왕 들른 김에 묵었다 가기로 마음을 먹었다. 그러고는 속으로 이렇게 생각했다.

‘옐리세이 영감에 관하여 물어볼까? 그때 그가 물을 마신다고 들렀던 집이 아무래도 이곳 같은데…….’

예핌이 방 안으로 들어가자, 여자는 그의 어깨에 멘 자루를 내려 준 뒤 테이블로 안내했다. 그러고는 씻을 물과 먹을 것을 내왔다. 치즈를 넣어서 빚은 만두와 죽, 그리고 우유를 테이블 위에 올려놓았다. 예핌은 고맙다는 인사를 한 다음, 순례자를 대접해 주는 것에 대해 칭찬을 하였다.

그러자 여자는 고개를 저으며 이렇게 말했다.

“우리는 순례자들을 대접하지 않을 수 없습니다. 어떤 순례자께서 우리에게 산다는 것이 무엇인지 가르쳐 주셨으니까요. 우리는 신을 잊어버리고 살았어요. 그 바람에 신이 벌을 주셔서 다 함께 죽을 날만을 기다리고 있었지요. 지난해 여름에는 모두가 병이 든 데다 먹을 것조차 없어서 일어나지도 못한 채 바닥에 드러누워 있었습니다. 그야말로 죽음의 문턱까지 간 상황이었는데, 신께서 당신 같은 영감님을 저희에게 보내 주셨어요. 한낮에 물을 얻어 마시려고 들르셨다가 우리의 꼴을 보고 가엾게 여기신 나머지 떠나지 못하고 그냥 여기에 머무르셨습니다. 굶고 병들어 아무것도 하지 못한 채 마냥 드러누워 있는 우리에게 먹고 마실 것을 마련해 주셨어요. 그리하여 우리가 일어날 수 있게 하신 다음, 저당 잡혔던 밭과 목초지를 찾아 주시고 말과 달구지까지 사 주셨지요. 그러고는 훌쩍 떠나 버리셨답니다."

그때 할머니가 오두막 안으로 들어서더니 여자의 말을 가로챘다.

"그분이 사람이었는지 천사였는지, 우리도 아직 모르고 있어요. 모든 사람을 사랑하시어 모든 사람을 돌보시고는 아무 말 없이 떠나 버리셨으니 도대체 누굴 위해 신께 기도드려야 할지 모르겠습니다. 지금도 눈에 선합니다. 그때 나는 드러누워서 신의 부르심만을 기다리고 있었어요. 다른 사람들과 조금도 달라 보이지 않는 대머리 할아버지가 물을 마시러 들르셨지요. 죄 많은 나는 처음엔 무얼 하려고 저렇게 어슬렁거리나, 하고 생각했습니다. 그런데 바로 그분이 지금 말씀드린 모든 일들을 해 주셨어요! 우리의 몰골을 보더니, 두말없이 등에 짊어졌던 자루를 바로 여기다 내려놓고 끄르지 않겠습니까?"

소녀도 끼어들었다.

"아니야, 할머니! 처음에는 여기 방 한가운데에 자루를 내려놓았다가 그 다음에 의자 위에 올려놓았어."

그들은 말다툼을 하기 시작했다. 그가 한 말과 행동들을 하나

하나 떠올리며, 어디에 앉았다느니 어디서 잤다느니 어떤 일을 했다느니 무슨 말을 했다느니 하고…….

한밤중에 말을 타고 돌아온 농부 역시 옐리세이가 자기 집에서 어떻게 지냈는지를 이야기하였다.

"만약 그분이 오시지 않았더라면, 우린 모두 죄를 지은 채 죽어 버렸을 겁니다. 우리는 절망 속에서 신과 인간을 원망하면서 죽음을 기다리고 있었거든요. 그러던 차에 그분이 우리를 일어서게 해 주셨습니다. 우리는 그분을 통하여 신을 알게 되었고 착한 사람을 믿을 수 있게 되었습니다. 예수 그리스도여, 원하옵건대 그분을 구원해 주시옵소서! 그전에는 짐승이나 다름없는 생활을 하고 있었는데 바로 그분이 우리를 인간으로 만들어 주셨지요."

사람들은 예핌에게 먹을 것과 마실 것을 대접한 다음 잠자리를 마련해 주었다. 그러고는 자신들도 잠자리에 들었다.

예핌은 자리에 눕기는 했으나 좀처럼 잠이 오지 않았다. 예루살렘에서 세 번씩이나 맨 앞자리에서 옐리세이를 보았던 일이 머리에서 떠나지 않았다.

'그렇다, 그는 거기에서 나를 앞질렀던 것이다! 내 정성을 하느님께서 받아들이셨는지 어쩌셨는지는 알 수 없지만, 하느님께서 그를 받아들이신 것만은 분명해.'

이튿날 아침, 그 집 사람들은 예핌과 작별하면서 도중에 먹으라고 자루 속에 고기 만두를 넣어 주고 나서 일을 하러 들로 나갔다. 예핌은 다시 집을 향해 길을 떠났다.

12

예핌은 꼭 일 년 만에 집으로 돌아왔다. 집에 당도한 것은 저녁때였다. 아들은 집에 있지 않았다. 주막에 간 모양이었다. 아들은 잔뜩 취하여 돌아왔다. 예핌은 그에게 꼬치꼬치 캐물었다. 자신이 집을 비운 사이, 아들이 돈을 헤프게 쓴 것이 분명했기 때문이다. 일은 내팽개쳐 둔 채 돈을 나쁜 짓에다 모두 써 버리고 말았다.

아버지가 책망하자 아들은 폭언을 내뱉었다.

"그렇게 잔소리를 할 양이면 아버지가 직접 살림을 하지 그러셨어요? 아버지는 성지 순례를 떠나셨잖아요? 게다가 돈도 모두 가져가시고선 모든 책임을 제게 물으시는군요."

노인은 화가 나서 아들을 힘껏 때렸다.

이튿날 아침, 예핌은 아들 문제를 의논하러 촌장을 찾아가는 길에 옐리세이의 집 앞을 지나가게 되었다. 마침 그때 현관 입구의 층계 위에 서 있던 옐리세이의 아내가 인사를 했다.

"안녕하세요, 영감님? 성지 순례는 잘 다녀오셨어요?"

예핌은 걸음을 멈추고 대답했다.

"덕택에 잘 다녀왔습니다. 그런데 도중에 댁의 영감님을 잃어버렸어요. 듣자하니 벌써 돌아오셨다고요?"

할머니는 어떻게 된 일인지 자세하게 설명을 해 주었다. 할머니는 원체 사람들과 이야기 나누는 것을 좋아했다.

"돌아오고말고요, 영감님. 진즉 돌아왔어요. 성모 승천 대축일 지나고 금세였던 것 같아요. 하느님께서 데려다 주신 터라 여간 기쁘지 않았지요! 그이가 없으면 온 집안이 쓸쓸해서요. 이제는 나이가 많아서 대단한 일은 하지 못하지만 그래도 집안의 어른이니까 모두가 의지하고 있거든요. 아들 녀석도 얼마나 기뻐했는지 몰라요! 아버지가 안 계시니까 눈에 빛이 없는 것 같다나요. 그이가 없으면 무척 쓸쓸해요. 우리에게는 정말 소중한 양반이랍니다. 우리는 모두 그이를 사랑해요. 얼마나 사랑하는지 몰라요."

"그래, 지금 집에 계시나요?"

"계세요. 양봉장에서 새끼 벌들을 긁어모으고 있어요. 새끼를 아주 잘 쳤다나 봐요. 하느님께서 꿀벌들에게 엄청난 힘을 주신 모양입니다. 죄가 있든 없든 하느님은 그렇게 우리에게 힘을 주시곤 하지요. 참, 영감님, 들렀다 가세요. 그이도 퍽 반가워할 거예요."

예핌은 복도를 지나 양봉장이 있는 뒤뜰로 갔다. 양봉장으로 들어가자, 옐리세이는 회색 카프탄을 입은 채 자작나무 밑에 서서 양팔을 벌리고 위를 올려다보고 있었다. 그물도 쓰지 않고 장갑도 끼지 않은 채였다. 마치 예루살렘의 주의 관 곁에 서 있을 때와 마찬가지로 대머리가 온통 빛나고 있었다. 그 머리 위에서는 역시 예루살렘에서와 마찬가지로, 태양이 활활 타오르고 있었다. 머리 둘레에는 금빛 꿀벌 떼가 원을 그리며 날아다니고 있었으나 그를 쏘지는 않았다. 예핌은 걸음을 멈추었다.

옐리세이의 아내가 남편을 불렀다.

"예핌 영감님이 오셨어요!"

옐리세이는 곧장 뒤를 돌아다보더니 기뻐서 어쩔 줄 몰라 했다. 그는 턱수염에서 꿀벌을 살살 떼어낸 다음 예핌에게로 다가왔다.

"어서 오게나. 여보게, 그래 무사히 다녀왔나?"

"발이 갔다 왔어. 자네에게 줄 선물로는 요르단 강물을 가지고 왔네. 이따가 우리 집에 들러서 가져가게나. 그런데 신께서 내 정성을 받아들이셨을까……."

"아무튼 경사스러운 일이야. 그리스도의 구원이 있기를!"

예핌은 잠시 입을 다물었다.

"발은 갔다 왔지만 영혼이 갔다 왔는지는 누가 알겠나? 정작 다른 사람이 갔다 왔는지도 모를 일이야……."

"그것은 신만이 아시는 일이야, 신만이 아시는 일이라고."

"돌아오는 길에 자네와 헤어졌던 그 오두막에 들렀다네."

옐리세이는 깜짝 놀라며 서둘러 말을 가로챘다.

"신만이 아시는 일이야, 신의 일이고말고. 자, 자, 안으로 들어가세나. 내, 꿀을 가지고 감세."

옐리세이는 말머리를 돌리며 집안일에 관하여 이야기하기 시작했다. 예핌은 한숨만 쉬었을 뿐, 오두막집의 사람들을 만났던 일과, 예루살렘에서 그를 보았던 일에 관해서는 말하지 않았다. 그는 깨달았던 것이다. 하느님은 이 세상의 모든 사람에게 죽는 날까지 자신의 의무를 사랑과 선행으로 다하여야 한다고 이르고 있었다.

제 5 편

사람에게 많은 땅이 필요한가

1

도시에서 사는 언니가 시골에 사는 여동생을 찾아왔다. 언니는 상인에게 시집을 가서 도시에 살고 있었고, 동생은 농부에게 시집을 가서 시골에 살고 있었다. 자매는 차를 마시면서 이런저런 이야기를 나누었다.

그러다가 언니는 자기의 도시 생활을 자랑하며 뽐내기 시작했다. 자기가 도시에서 얼마나 넓고 깨끗한 집에서 살고 있는지, 아이들은 얼마나 잘 차려입히는지, 맛 좋은 음식을 얼마나 많이 먹고 있는지, 마차를 타고 산책을 하거나 극장에 가는 일이 얼마나 잦은지를 열심히 늘어놓았다.

동생은 언니의 얘기를 듣다 보니 분한 생각이 들었다. 그래서 상인의 생활을 깎아내리고 자기네 농부의 생활을 치켜세우기 시작했다.

"나는 어떤 일이 있어도 내 생활을 언니의 생활과 바꾸고 싶지 않아요. 물론 이곳에서의 생활이 화려하진 않아요. 그 대신 걱정이 없지요. 언니네는 언뜻 보면 호사스러운 듯하지만, 벌지 못하면 졸지에 빈털터리가 되는 것 아니에요? 속담에 '손해는 벌이의 형'이라는 말도 있잖아요. 또 이런 말도 있지요. '오늘의 부자도 내일이면 남의 집 처마 밑에 서게 된다.' 거기에다 대면 우리네 농사일은 확실하단 말예요. 농사꾼 생활은 굵다고는 할 수 없지만 오래 가긴 하거든요. 부자는 못 되더라도 평생 배곯을 일은 없지요."

그러자 언니가 대꾸했다.

"배곯을 일이 없다고? 돼지나 송아지도 배야 부르지, 뭐! 그렇다고 좋은 옷을 입어, 좋은 교제를 해? 네 남편이 아무리 억척같이 벌어 봐야 결국 두엄 속에서 살다가 두엄 속에서 죽는 거 아니니? 네 아이들 역시 마찬가지지."

동생이 말했다.

"그게 어떻다는 거예요? 그게 우리의 일인걸요. 그 대신 우리에게는 위험 요소가 없잖아요. 누구한테 머리 숙일 일도 없고, 누굴 무서워할 일도 없고 말예요. 하지만 언니가 사는 도시에선 온통 유혹 속에서 사는 거나 다름없잖아요. 오늘은 무사하더라도 내일이면 어떤 악마에게 홀릴지 아무도 모르는 일이고요. 형부만 하더라도 그렇지요. 언제 노름에 미칠지, 술에 빠질지 알게 뭐예요? 혹시라도 그렇게 되면 모든 것이 끝장나는 것 아니겠어요? 안 그래요?"

동생의 남편인 파홈은 페치카 위에서 여자들이 노닥거리는 것을 가만히 듣고 있었다. 그러다 슬쩍 끼어들었다.

"그 말이 옳아. 옳은 얘기야. 우리야 어릴 때부터 땅을 파먹고 살아왔으니 어리석은 생각을 할 수가 없지. 곤란한 건 단 한 가지 땅이 부족하다는 것뿐이야. 지금 이 생활에서 땅만 넉넉하게 가지고 있다면 겁날 게 하나도 없어. 악마도 무섭지 않아."

여자들은 차를 다 마신 뒤에도 한참 동안 옷 이야기를 하다가 찻잔과 접시를 치우고 잠자리에 들었다. 그런데 그때 악마 한 마리가 페치카 뒤에 웅크리고 앉아 이 말을 죄다 듣고 있었다. 악마는 농부가 자기 자랑을 하고 싶은 나머지, 자기에게 땅만 넉넉하게 있으면 악마도 무섭지 않다고 큰소리 치는 것을 듣고는 매우 기뻐하였다.

악마는 이렇게 생각했다.

'잘됐다. 어디 너와 한번 승부를 겨루어 보자꾸나. 내가 너에게 땅을 많이 주지. 그 땅으로 너를 사로잡을 테다.'

2

이 농부 내외의 이웃에는 적지 않은 땅을 가진 여지주가 살았다. 그녀는 120데샤티나(1데샤티나는 약 1헥타르. 1헥타르는 1만 제곱미터—옮긴이)가량 되는 땅을 가지고 있었다. 그녀는 농부들과 아주 사이좋게 지내 왔다. 농부들을 학대하는 일도 없었다.

그런데 얼마 전 군인 출신의 남자가 마름으로 고용되고 나서부터는 벌금을 물리려고 농부들을 괴롭히기 시작했다. 파홈이 아무리 조심을 해도, 말이 여지주네 귀리밭으로 뛰어든다든가, 암소가 여지주네 정원으로 들어간다든가, 송아지들이 목초지로 들어간다든가 하여 번번이 벌금을 물었다.

파홈은 벌금을 물 때마다 집안 식구들에게 욕을 퍼부으며 주먹질을 하곤 했다. 결국 파홈은 이 마름 때문에 여름 동안 많은 죄를 짓고 말았다. 농사철이 지나 가축들을 마당에 가두어 놓자 차라리 마음이 홀가분해졌다. 비록 사료가 아깝긴 하지만 걱정거리는 없었다.

그런데 겨울이 되자 여지주가 땅을 팔려고 내놓았는데, 큰길가의 여인숙 주인이 그 땅을 사려고 한다는 소문이 떠돌았다. 농부들은 그 소문을 듣고는 탄식을 했다.

"이 일을 어쩌나? 만일 여인숙 주인이 땅을 사게 되면 여지주보다 더 지독하게 벌금을 물릴 게 틀림없어. 우리는 이 땅 없이는 살아갈 수가 없는데……. 모두 여지주의 소유지 근처에 살고

들 있지 않은가."

사람들은 떼를 지어 여지주를 찾아갔다. 그러고는 땅을 여인숙 주인에게 팔지 말고 자기들에게 넘겨 달라고 부탁했다. 값을 더 높게 쳐 주겠다고 약속했다. 여지주는 농부들의 뜻을 받아들여 주었다.

사람들은 마을 조합에서 땅을 사들이기로 하고 여러 번 모임을 가졌으나 합의를 보지 못했다. 악마가 훼방을 놓았기 때문에 도무지 합의를 볼 수가 없었던 것이다. 그래서 각기 자기의 형편에 맞추어 필요한 면적을 따로따로 사기로 했다.

여지주 쪽에서도 이에 동의를 했다. 파홈은 이웃집 사람이 20데샤티나를 샀는데, 여지주가 토지 대금의 반만 바로 받고 나머지 반은 일 년 안에 갚으라고 했다는 말을 들었다. 파홈은 그것이 부러웠다. 그는 속으로 이렇게 생각했다.

'다들 저렇게 땅을 다 사 버리면 내겐 아무것도 남지 않게 되질 않나?'

그래서 아내와 의논을 했다.

"다들 땅을 사는데 우리도 10데샤티나쯤은 사야 하지 않겠소? 그러지 않고는 살아갈 수가 없단 말이야. 마름 녀석이 우리를 옴짝달싹 못하게 해 버렸으니."

두 사람은 어떻게 하면 땅을 살 수 있을지 의논을 하였다. 그들에게는 그동안 모은 100루블의 돈이 전부였다. 그래서 망아지 한 마리와 꿀벌을 반이나 팔아치우고 아들은 남의 집 머슴살이를 보냈다. 그러고도 모자라 처남에게서 빚을 내어 겨우 땅값의 반을 마련하였다.

파홈은 돈이 준비되자, 숲 쪽에 있는 15데샤티나의 땅을 보아 놓고는 흥정을 하기 위해 여지주를 찾아갔다. 15데샤티나의 땅값을 흥정하고 계약금을 치렀다.

그러고는 시내에 나가 매매 계약서를 작성하고, 땅값의 반액을 치른 다음 나머지는 이 년 안에 마저 치르기로 했다.

이렇게 하여 파홈은 땅 임자가 되었다. 그는 자신의 땅에다 씨앗을 빌려서 심었다. 농사는 잘되었다. 일 년 만에 여지주에게도 처남에게도 빚을 다 갚을 수 있었다.

마침내 파홈은 지주가 되었다. 자기 땅을 갈아 씨를 뿌리고, 자기의 목초지에서 꼴을 베고, 자기 땅에서 땔감을 패고, 자기 땅에서 가축을 길렀다. 파홈은 영원히 자기 소유가 된 밭을 갈러 나가거나, 작물의 발아 상태나 목초지를 둘러보러 갈 때마다 기쁨으로 가슴이 뿌듯이 차올랐다.

거기에서는 풀이 쑥쑥 자랐다. 꽃도 다른 데 것과는 사뭇 다른 듯한 느낌이 들었다. 전에도 곧잘 지나다니던 땅이건만 새삼 아주 특별한 느낌으로 와 닿았다.

3

이렇듯 파홈은 즐거운 나날을 보내고 있었다. 농부들이 그의 농작물이나 목초지를 결딴내지만 않았더라도 모든 것이 더할 나위 없이 잘돼 갔을 것이다. 파홈은 그러지 말아 달라고 정중하게 부탁했으나 모두들 주의를 기울이지 않았다. 목부(牧夫, 목장에서 마소나 양 따위를 돌보는 사람—옮긴이)들이 그의 목초지에 소들을 풀어 놓기도 하고 밤에 풀어 놓은 말들이 풀을 뜯으러 들어가기도 했다.

처음에는 그것을 내쫓기만 하며 너그럽게 보았을 뿐 한 번도 법에 호소하지 않았다. 그러나 그것이 자꾸만 거듭되자 더 이상 참다 못해 지쳐 버리고 말았다. 마침내 그는 면 재판소에 고발을 해 버렸다. 농부들이 그런 짓을 하는 것은 땅이 좁아서이지 다른 뜻이 있어서가 아니라는 것을 잘 알고는 있었다. 하지만 언제까지나 내버려 둘 수만은 없었다.

"그렇다고 이대로 내버려 둘 수야 없지. 이렇게 내버려 두다간 모두 결딴내고 말겠는걸. 혼을 좀 내 줄 필요가 있어."

그는 두 번이나 재판을 걸어서 상대편을 혼내 주었다. 첫 번째 상대도 두 번째 상대도 벌금을 물었다. 그러자 이웃 농부들이 파홈에게 앙심을 품고는 일부러 밭과 목초지를 결딴내 버렸다.

어떤 사람은 밤중에 숲으로 몰래 들어가 여남은 그루의 피나무 껍질을 몽땅 벗겨 버렸다. 파홈이 숲 속을 지나가다 보니 무언가 허연 것이 눈에 띄었다. 가까이 가 보니 껍질이 벗겨진 어린 피나무가 내던져져 있고, 둥치가 잘린 그루터기가 여기저기 남아 있었다. 숲 가장자리에서 나무를 베든가 최소한 한 그루라도 남겨 두었으면 좋았을 텐데, 악당들은 나무를 깡그리 베어 가 버렸다.

파홈은 화가 치밀었다.

'아, 어떤 놈의 짓인지 알기만 하면 단단히 혼을 내주련만.'

그는 누구의 소행일까 곰곰이 생각해 보았다.

"아무래도 숌카의 짓이 틀림없어."

그는 이렇게 생각하고는 곧장 숌카네로 가서 집을 뒤졌다. 그러나 서로 욕지거리만 주고받았을 뿐 아무것도 찾아내지 못했다. 그래서 파홈은 더욱더 숌카의 짓이 틀림없다고 믿게 되었다. 그는 결국 고발을 하였다. 두 사람은 법정에 불려 나갔다.

수차례 재판이 있었으나 그 농부는 무죄가 되었다. 증거가 없었기 때문이다. 그래서 파홈은 더욱더 화가 나 재판관에게까지 욕설을 퍼부었다.

"당신들은 도둑 편을 들고 있어요. 만약 당신들이 올바른 생활을 하고 있다면 도둑을 무죄로 판정하지는 않았을 겁니다."

파홈은 재판관은 물론 이웃 사람들과도 말싸움을 하였다. 이웃 사람들은 집에 불을 지르겠다고 하면서 그를 위협했다. 이렇게 하여 파홈은 땅을 넓게 가졌으나 좁은 세상에서 살게 되고 말았다.

그때 농부들이 새로운 고장으로 가고 있다는 소문이 돌았다. 파훔은 생각했다.

'나야 내 땅을 떠나야 할 이유가 없지. 오히려 이 근방 사람들이 떠난다고 하면, 우리 땅이 좀 더 넓어지겠지. 그러면 나는 그들의 땅을 사서 이 일대를 내 것으로 만들어야지. 그러면 좀 더 살기가 좋아질 거야. 아무래도 지금 상태로는 좀 좁단 말이야.'

어느 날 파훔이 집에 있을 때 길을 가던 농부가 들렀다. 집안 사람들은 그 농부를 묵게 하고 음식을 대접하며 이런저런 이야기를 나누었다. 그러다가 어디서 왔느냐고 묻자, 농부는 저기 아래쪽 볼가 강 건너편에서 왔으며 거기서 일을 하고 있었다고 대답했다.

농부는 띄엄띄엄 말을 이었는데, 그곳으로 사람들이 숱하게 이주해 가고 있다고 했다. 그들이 그곳에 이주하면 마을 조합에 등록이 되어 한 사람 앞에 10데샤티나씩 땅을 나누어 받는다는 것이었다.

그는 이런 이야기를 들려주었다.

"그런데 그 땅이 어찌나 기름진지 호밀을 파종하면 키가 말보다 더 높이 자란답니다. 다섯 줌으로 한 다발이 될 만큼 이삭이 빼곡하게 영글기까지 하지요. 어떤 농부는 워낙 가난해서 빈손으로 왔는데, 지금은 말 여섯 필과 암소 두 마리를 가지게 되었답니다."

파홈은 그의 말을 들으며 흥분을 감추지 못했다. 그러고는 속으로 생각했다.

'그렇게 잘살 수 있는 곳이 있다면야 굳이 이렇게 좁은 데서 고생스럽게 살 필요가 없지. 이따위 땅이나 집은 팔아 버리고 그리로 가서 그 돈으로 집을 짓고 살아 보자. 이렇게 좁은 데만 있다가는 평생 죄만 짓고 말 테니. 아무튼 내가 직접 가서 보고 와야지.'

여름이 다가오자 파홈은 채비를 하여 길을 떠났다. 사마라까지는 볼가 강의 기선을 타고 내려갔고, 그 다음부터는 400베르스타가량을 걸어서 갔다. 이윽고 목적지에 이르렀다.

모든 것이 듣던 대로였다. 농부들은 한 사람 앞에 10데샤티나의 땅이 배정되어 여유 있게 지내고 있었다. 그곳에서는 누구든지 기꺼이 조합에 가입시켜 주었다. 뿐만 아니라 돈이 있는 사람은 배정받은 땅 외에도 자기가 필요한 만큼 제일 좋은 땅을 1데샤티나당 3루블의 가격에 살 수가 있었다.

파홈은 알고 싶은 것을 죄다 알아 가지고 가을이 채 되기 전에 집으로 돌아왔다. 그는 전 재산을 팔기 시작했다. 땅은 꽤 비싸게 팔렸다. 집도 가축도 모두 팔았다. 그리고 조합에서 탈퇴하여 봄이 되기를 기다렸다가 가족을 데리고 새 고장으로 옮겨 갔다.

4

파홈은 가족과 함께 새 고장에 이르자, 곧 그곳의 조합에 가입했다. 마을의 노인들에게 술을 한 잔씩 대접하고 필요한 서류를 모두 작성했다. 파홈에게 이주가 허락되고, 다섯 명의 가족에 대해 목장 외에 땅 50데샤티나가 주어졌다.

파홈은 집을 짓고 가축을 키웠다. 그의 땅은 이제 그전의 세 곱절 넓이가 되었다. 게다가 그곳의 땅은 아주 비옥했다. 생활수준도 전에 비해 열 배나 나아졌다. 경작지와 풀은 마음대로 얻을 수 있었고 가축 또한 얼마든지 키울 수 있었다.

파홈은 집을 지어 정착하고 가축을 기르는 동안에는 더할 나위 없이 만족해 했다. 하지만 살아가는 동안 차츰차츰 이만큼의 땅으로는 부족하다는 생각이 들었다.

첫 해에 파홈은 자기 밭에 밀을 갈았다. 그것이 썩 잘되었다. 그는 밀 농사를 더 짓고 싶었으나 자신이 가진 땅만으로는 모자랐다. 밀 농사를 짓기에 적당치 않은 땅도 있었다.

지금까지는 나래새(벼과에 속하는 나래새속의 풀들. 끝이 날카로운 난알과 실처럼 길다란 까락이 있음—옮긴이) 밭이나 묵힌 땅에 밀을 심었다. 일 년이나 이 년쯤 밀 농사를 짓고 나면 나래새가 새로 날 때까지 묵혀 두어야 했다. 그런데 그런 땅은 원하는 사람이 많기 때문에 모든 사람에게 넉넉히 돌아가지 않았다.

그 때문에 종종 다툼이 벌어지곤 했다. 돈이 있는 사람은 자기가 손수 농사를 짓고 싶어 했고, 가난한 사람들은 도조를 받고 상인들에게 땅을 빌려 주었다. 파홈은 좀 더 많은 농사를 짓고 싶었다. 그래서 이듬해에는 상인에게 가서 일 년 동안 경작할 땅을 빌렸다.

그 덕택에 지난해보다 더 많이 갈았는데 그것이 모두 풍작이었다. 그러나 그곳은 마을에서 좀 멀리 떨어져 있어서 15베르스타나 운반을 해야만 했다. 근처에는 상업을 겸하고 있는 농부들이 많았으며, 그들은 나날이 부유해지고 있었다.

파홈은 이런 생각이 들었다.

'나도 저들과 마찬가지로 땅을 사서 농장을 경영한다면 얼마나 좋을까?'

파홈은 어떻게 해서든지 땅을 자신의 영원한 재산으로 삼고 싶었다.

파홈은 삼 년의 세월을 보냈다. 땅을 빌려서 밀을 심고, 또 빌려서 밀을 심었다. 해마다 밀 농사는 풍작이 되어 돈을 많이 모았다. 그 덕분에 그럭저럭 사는 것은 걱정이 없었다. 그러나 해마다 남에게서 땅을 빌리고 그 때문에 안달을 해야 하는 일이 귀찮게 여겨졌다. 어디에 좋은 땅이 있다는 말이 들리기만 하면 사람들은 당장 달려가서 빌리곤 하였다. 빌리지 못하는 날에는 농사를 짓지 못하게 되기 때문이었다.

삼 년째가 되었을 때, 그는 어느 상인과 돈을 모아 농부들에게서 농장을 빌린 다음 쟁기질을 완전히 끝내 놓았다. 하지만 농부들이 재판을 벌이는 바람에 모처럼의 노력이 허사가 되고 말았다. 그는 생각했다.

'만약 이것이 내 땅이었다면 누구에게 머리를 숙일 필요도 없고 귀찮은 일도 없을 텐데.'

그래서 파홈은 영원히 자기 것으로 살 수 있는 땅이 없을까 하고 물색하기 시작했다. 그러다가 농부 한 명을 발견했다. 그 농부는 500데샤티나의 땅을 가지고 있었는데, 파산을 해서 그걸 싸게 판다는 것이었다.

파홈은 그와 사이좋게 지내기 시작했다. 여러 번 흥정을 하고 또 흥정을 한 끝에 1500루블로 결정이 되었다. 반액은 조금 기다렸다가 주기로 했다. 완전하게 협의가 이루어진 어느 날, 한 도붓장사가 밥을 한 끼 얻어먹으려고 파홈의 집에 들렀다.

두 사람은 차를 마시면서 이런저런 이야기를 나누었다. 도붓장사는 멀리 바슈키르에서 왔다고 했다. 그는 바슈키르 인들에게서 5000데샤티나의 땅을 샀는데, 전부 1000루블을 주었다고 이야기했다. 그러자 파홈이 어떻게 한 것이냐고 물었다.

도붓장수가 대답했다.

"그저 노인들에게 잘해 주기만 하면 됩니다. 나는 가운과 양탄자와 100루블치의 물건과 차를 한 통 주었습니다. 술을 마시는 사람에겐 술을 대접했고요. 그래 가지고 1데샤티나에 20코페이카라는 헐값으로 땅을 샀지 뭡니까?"

그는 등기 권리증을 보여 주었다.

"그런데 그 땅이 전부 내를 끼고 있고, 모두 억새풀이 나 있는 초원이랍니다."

파홈은 여러 가지를 자세히 캐묻기 시작했다. 도붓장수가 말했다.

"그 땅은 일 년 동안 걸어도 아마 못 돌 거예요. 그것이 모두 바슈키르 인들의 땅이지요. 그곳 사람들은 마치 양같이 아무것도 생각하지 않는 것 같아요. 그래서 공짜나 다름없이 살 수가 있지요."

파홈은 속으로 생각했다.

'가만있자, 500데샤티나의 땅에 1000루블을 내고도 또 빚을 내야 하는 이런 어리석은 짓을 뭣 때문에 한담? 그곳에만 가면 1000루블을 갖고도 얼마든지 땅을 차지할 수 있다는데!'

5

파홈은 그곳으로 가는 길을 자세히 물었다. 그리고 도붓장수를 보낸 다음 자기도 곧 떠날 채비를 했다. 그는 집안일을 아내에게 맡겨 놓고 머슴 한 명을 데리고 길을 떠났다. 그들은 도중에 시내에 들러서 도붓장수가 말한 대로 차 한 통과 몇 가지 선물과 술을 샀다.

그러고서 마차로 약 500베르스타쯤 떠나왔다. 일주일을 꼬박 간 끝에 바슈키르 인들의 유목지에 이르렀다. 모두가 도붓장수가 말한 대로였다. 그곳 사람들은 내를 낀 초원에 펠트로 된 원형 천막을 치고 그 안에 살고 있었다.

그들은 농사를 짓지 않고 곡식도 먹지 않았다. 초원에는 가축과 말들이 떼를 지어 돌아다니고 있었다. 망아지는 원형 천막 뒤에 매여 있었는데, 하루에 두 번씩 어미 말이 끌려가고 있었다. 사람들은 암말의 젖을 짜서 그것으로 마유주를 빚었다. 여자들은 마유주를 휘저어 치즈를 만들었다.

남자들은 마유주와 차를 마시고 양고기를 먹으며 피리를 불면서 세월을 보냈다. 모두들 살이 통통하게 찐 데다 쾌활했으며, 여름 동안은 놀기만 했다. 그들은 러시아 말을 하지는 못했으나 너그럽고 친절했다.

파홈을 보자 원형 천막에서 사람들이 우르르 몰려나와 그를 에워쌌다. 통역이 나왔다. 파홈은 그에게 자기는 땅 문제로 왔다고 이야기했다. 바슈키르 인들은 반가움을 감추지 못하며 파홈을 얼싸안다시피 하여 제일 좋은 천막으로 안내했다.

그러고는 양탄자 위에 보료를 깐 다음 그를 앉히고는 주위에 빙 둘러앉았다. 차와 마유주를 대접했다. 그리고 양을 잡아 양고기도 대접했다.

파홈은 마차에서 선물을 내려 바슈키르 인들에게 나누어 주었다. 여러 가지 선물을 나누어 주고 차도 나누어 주었다. 바슈키르 인들은 무척 기뻐했다. 자기네끼리 소곤대다가 통역을 시켜 이렇게 말하게 했다.

"이분들이, '우리는 당신이 아주 마음에 듭니다. 우리의 관습에 따라 받은 선물에 대하여 무엇으로든 답례를 하고 싶습니다. 당신이 우리에게 여러 가지 선물을 주셨으니, 우리가 가진 것 중에서 무엇이든 좋은 것을 드리겠습니다. 그렇게 아시고 말씀해 주십시오.'라고 말하는군요."

파홈이 말했다.

"내가 바라는 것은 당신들의 땅입니다. 우리 고장은 땅이 좁은 데다 너무 오랫동안 농사를 지어서 토질이 나빠졌는데, 이곳은 땅이 많을뿐더러 기름지기까지 하군요. 이렇게 좋은 땅을 나는 아직 본 적이 없습니다."

통역이 그 말을 전했다. 바슈키르 인들은 다시 의논을 하기 시작했다. 파홈은 그들의 말을 알아들을 수는 없었으나, 눈치로 미루어 아주 유쾌한 듯 줄곧 떠들며 웃고들 있었다. 이윽고 조용해지더니 모두들 파홈 쪽을 보았다. 통역이 말을 시작했다.

"모두들 말하기를, 당신의 친절에 보답하는 뜻에서 필요한 만큼의 땅을 기꺼이 드리겠다고 합니다. 그러니까 손짓으로 얼만큼이라고 가리키십시오. 그만큼 드리겠다고 하니까요."

그들은 또다시 의논을 하다가 옥신각신하면서 다투기 시작했다. 파홈은 무엇을 가지고 다투는 것이냐고 물었다. 통역이 대답했다.

"땅에 관한 문제라면 촌장에게 물어볼 필요가 있으므로 자신들끼리 결정해서는 안 된다는 사람들이 있고, 그럴 필요가 없다고 하는 사람들이 있습니다. 그래서 다투는 겁니다."

6

이렇듯 바슈키르 인들이 옥신각신하고 있을 때, 여우 털가죽으로 만든 모자를 쓴 사람이 불쑥 들어왔다. 모두들 입을 다물고 일어섰다. 통역이 말했다.

"이분이 바로 촌장 어른입니다."

파홈은 얼른 일어나 제일 좋은 가운 한 벌과 차 5푼트를 그 앞에 내놓았다. 촌장은 그것을 받아 들고는 맨 윗자리에 앉았다. 바슈키르 인들이 그에게 무엇인가 이야기를 했다. 촌장은 자세히 듣고 나더니 고개를 크게 한 번 끄덕여 그들의 말을 중지시켰다. 그러고는 파홈에게 러시아 어로 말했다.

"좋습니다. 마음에 드시는 곳을 가지십시오. 땅은 얼마든지 있으니까요."

그 순간 파홈은 속으로 생각했다.

'원하는 만큼 가져도 된단 말이지. 그렇더라도 계약은 단단히 해 놓을 필요가 있겠지. 줘 놓고 나중에 도로 내놓으라고 할지도 모르니까.'

파홈이 말했다.

"친절하신 말씀 감사합니다. 말씀대로 이곳에는 땅이 많습니다만, 나는 조금만 있으면 됩니다. 그리고 얼마큼이 나의 것인지만 알면 됩니다. 측량을 해서 내 몫이라는 것을 분명히 해 둘 필요가 있을 듯합니다. 사람이란 언제 죽을지 모르는 것이니까요. 당신들이 친절한 마음으로 나에게 땅을 주셨더라도, 당신네 아들 대로 가서 도로 빼앗길지 모르는 일 아닙니까?"

"옳은 말씀이오. 분명히 할 수 있습니다."

촌장이 대답하자, 파홈이 말했다..

"이곳에 도붓장수가 한 사람 왔었다고 들었습니다. 당신들은 그 사람에게 땅을 주고 등기 권리증을 작성해 주셨더군요. 나에게도 그렇게 해 주셨으면 좋겠습니다."

촌장은 모든 것을 이해했다. 그가 말했다.

"네, 그런 것쯤이야 어려울 것 없지요. 그렇게 합시다. 우리 고장에도 서기가 있으니, 함께 시내로 나가서 문서를 작성하고 도장을 찍읍시다."

파홈이 말했다.

"한데 값은 어떻게 하면 될까요?"

"우리에게 값은 균일합니다. 하루치에 1000루블이오."

파홈은 납득이 가지 않았다.

"하루치란 어떤 방법으로 계산하는 건가요? 그게 몇 데샤티나쯤 될까요?"

촌장이 말했다.

"우리는 땅을 측량할 줄 모릅니다. 그래서 하루치로 팔고 있지요. 당신이 하루 동안 한 바퀴 도는 만큼의 땅이 당신의 것이 됩니다. 그래서 하루치가 1000루블이라는 겁니다."

파홈은 깜짝 놀랐다.

"그런데 하루 동안 돌면 땅이 제법 많겠는데요?"

촌장은 웃었다.

"네, 그게 모두 당신 것이 됩니다! 다만 한 가지 조건이 있습니다. 만약 하루 안에 출발점까지 되돌아오지 못하면 그 돈은 날아가는 겁니다."

"그렇군요. 그럼 내가 돌아다닌 곳은 어떻게 표시할까요?"

"우리는 어디든지 당신이 원하시는 곳으로 함께 가서 서 있을 테니까, 당신은 거기에서 출발해서 한 바퀴 빙 돌아오시면 됩니다. 당신은 삽을 들고 가셔서 어디든지 필요한 곳에 표를 해 두십시오. 조그맣게 구덩이를 파서 거기에 뗏장을 떠 놓으십시오. 나중에 구덩이에서 구덩이로 쟁기질을 합시다. 어떻게 돌든 상관없지만, 꼭 해가 떨어지기 전에 출발점으로 돌아오셔야만 합니다. 그러면 당신이 도신 땅은 모두 당신 것이 됩니다."

파홈은 기뻤다. 그들은 아침 일찍 출발하기로 결정했다. 그러고 나서 양고기를 먹고 차와 마유주를 마시며 밤이 이슥하도록 이야기를 나누었다. 이윽고 그들은 파홈을 보료 위에서 자게 하고는 각각 자기의 원형 천막으로 갔다. 그들은 내일 새벽에 모여서 해돋이 전까지 출발점으로 가자고 약속했다.

7

파홈은 보료 위에 누웠으나 통 잠이 오지 않았다. 줄곧 땅만 생각하고 있었다.

'어떻게 해서든지 땅을 넓게 차지해야지. 하루 종일 걸으면 50베르스타는 돌 수 있을 것이다. 그리고 지금이 일 년 중 해가 가장 긴 철이 아닌가. 50베르스타를 걸으면 땅은 어떻게 될까. 그 중 나쁜 곳은 팔든가 농부들에게 소작을 주면 된다. 그리하여 좋은 곳만 차지하여 정착하기로 하자. 누런 암소 두 필이 끌게 할 쟁기를 사들이고, 머슴을 두 사람 고용하여 50데샤티나 정도만 경작하고 나머지 땅에서는 목축을 하기로 하자.'

파홈은 온 밤을 뜬눈으로 지새웠다. 그러다가 새벽녘에야 겨우 잠이 들었다. 그는 잠이 들자 꿈을 꾸었다. 꿈속에서 그는 자신이 자고 있는 원형 천막 속에 누워서 바깥에서 나는 소리에

귀를 기울이고 있었다. 밖에서 누군가가 껄껄대고 있었다.

그는 누가 그렇게 웃고 있는지 궁금해서 자리에서 일어나 원형 천막 밖으로 나갔다. 바슈키르 인들의 촌장이 원형 천막 앞에 앉아서 두 손으로 배를 움켜쥐고 몸을 흔들며 무엇이 그리 우스운지 큰 소리로 껄껄대고 있었다.

그는 촌장 곁으로 가서 이렇게 물었다.

"무엇 때문에 그렇게 웃고 계십니까?"

그런데 자세히 보니 그 사람은 바슈키르 인들의 촌장이 아니라, 그에게 땅 이야기를 해서 이곳으로 오게 만든 도붓장수였다. 그래서 가까이 다가가서 이렇게 물었다.

"언제 이리로 왔소?"

그가 묻자마자 그 사람은 도붓장수가 아니라, 전에 볼가 강 아래쪽에서 왔던 농부로 변했다. 더 자세히 보니 농부 대신 뿔과 발굽이 있는 악마가 앉아 껄껄대고 있었다. 그리고 그 앞에는 맨발에 속옷과 잠방이를 걸친 사람이 한 명 누워 있었다.

파홈은 가까이 가서 찬찬히 살펴보았다.

'저 사람은 대체 누굴까?'

그런데 그 사람은 이미 죽어 있었다. 자세히 보니 바로 자기 자신이었다. 파홈은 소름이 끼쳐 눈을 번쩍 떴다. 눈을 뜨고는 '뭐야, 꿈이었군!' 하고 생각했다. 주위를 두리번거리다가 열린 문으로 밖을 내다보니 이미 동이 터 오고 있었다.

'떠날 시간이 됐으니 모두들 깨워야겠다.'

그는 자리에서 일어나 마차에서 자고 있는 머슴을 깨워 마차에 말을 채우게 하고는 바슈키르 인들을 깨우러 갔다.

"어서 일어나세요. 시간이 다 되었습니다. 초원에 나가 땅을 재어야지요."

바슈키르 인들은 곧 일어나서 한자리에 모였다. 촌장도 왔다. 바슈키르 인들은 또 마유주를 마시기 시작했다. 파홈에게도 차를 대접하려 했으나 그는 거절을 하며 이렇게 말했다.

"어서 출발합시다. 시간이 다 됐습니다."

8

바슈키르 인들은 준비를 마치자 말과 마차에 나누어 탄 다음 출발을 하였다. 파홈은 머슴과 함께 자신의 마차를 타고 나섰다. 그들은 삽을 가지고 있었다. 초원에 다다르니 동이 트기 시작했다. 바슈키르 어로 쉬한이라는 조그만 언덕에 당도하자, 그들은 말과 마차에서 내려 한데 모였다.

촌장이 파홈 곁으로 와서 한쪽 손을 들더니 먼 곳을 가리키며 말했다.

"여기서 눈이 미치는 데까지 모두 우리 땅입니다. 마음에 드시는 곳을 고르십시오."

파홈의 눈이 이글이글 타올랐다. 눈앞에 아득히 펼쳐진 땅에는 억새가 덮여 있었는데, 손바닥같이 평평하고 양귀비의 씨앗처럼 검었다. 조금 파인 곳에는 여러 가지 잡초가 사람의 키만큼이나 높이 자라 있었다.

촌장은 여우 털가죽 모자를 벗은 다음 그것을 땅바닥에 내려놓았다.

"그러면 이것을 표지로 삼겠습니다. 자, 여기서 출발해 주십시오. 그리고 여기로 돌아오십시오. 그러면 당신이 낸 돈만큼 땅을 가지실 수 있습니다."

파홈은 돈을 꺼내어 촌장의 모자 속에다 넣은 후, 윗막이를 벗고 사라판 한 장만 걸쳤다. 그는 가죽 띠를 단단히 매고 빵 주머니를 품속에 넣은 다음 물병을 가죽 띠에 매달았다. 그리고 장화의 목 부분을 잡아 올리고는 머슴이 들고 있던 삽을 받아 들고 출발 준비를 했다. 그는 어느 쪽으로 방향을 잡는 것이 좋을지 곰곰이 생각했다. 어느 쪽을 보아도 훌륭한 땅이었다.

'어디나 다 마찬가지다. 해가 돋는 쪽으로 가자.'

그는 해가 돋는 쪽을 향해 서서는 제자리걸음을 하며 하늘 저쪽에서 해가 떠오르기를 기다렸다.

"단 일 분도 시간을 허비해서는 안 되지. 조금이라도 시원할 때 걷는 것이 편할 거야."

파홈은 하늘 끝에서 해가 얼굴을 내밀기가 무섭게 삽을 어깨에 메고 초원을 향해 걷기 시작했다. 파홈은 느리지도 빠르지도 않은 걸음걸이로 걸어갔다. 1베르스타쯤 가다가 걸음을 멈추고 구덩이를 판 다음, 눈에 잘 띄도록 뗏장을 두 장 포개어 놓았다. 그러고는 또 걸어갔다. 걸음을 옮기기 시작하니 걸음걸이가 절로 빨라졌다. 조금 가다가 또 구덩이를 팠다.

파홈은 뒤를 돌아보았다. 쉬한이 햇빛을 받아 잘 보였다. 그 위에 사람들이 서 있었다. 마차 바퀴의 쇠로 된 굴대가 눈부시게 반짝이고 있었다. 파홈은 이제 5베르스타쯤 걸었을 거라고 짐작했다. 몸에서 열이 나는 바람에 조끼를 벗어 어깨에 걸치고는 앞으로 더 걸어 나갔다. 5베르스타쯤 더 떨어졌다. 날씨가 점점 더 더워졌다. 해를 보니 벌써 아침 식사를 할 시간이었다.

파홈은 속으로 생각했다.

'말이 쉬지 않고 한 번에 갈 수 있는 만큼 걸어왔다. 말은 하루에 쉬지 않고 네 번을 갈 수 있다. 굽어 들기에는 아직 이르겠어. 일단 장화를 벗기로 하자.'

그는 앉아서 장화를 벗은 다음 허리춤에다 차고 또 걷기 시작했다. 걷기가 한결 편해졌다. 그러다가 또 생각에 잠겼다.

'5베르스타만 더 걸은 다음 왼쪽으로 굽어 들기로 하자. 땅이 너무 좋아서 단념하기가 아까운걸. 가면 갈수록 더 좋으니.'

그는 또 곧바로 걸어갔다. 뒤를 돌아보니 쉬한은 이미 아득히 멀어지고, 사람들은 개미처럼 가물가물하게 보였다. 멀리서 무엇인가가 가까스로 반짝이고 있을 뿐이었다.

'그래, 이만하면 이쪽은 충분히 잡았어. 이제 굽어 들어야겠군. 땀을 흘렸더니 목도 타는걸.'

파홈은 이렇게 생각하며 걸음을 멈추었다. 그러고는 되도록 큼직하게 구덩이를 판 다음 뗏장을 몇 장 포개어 놓았다. 그는 물통을 집어 들고 물을 실컷 마신 다음 거기서 곧바로 왼쪽으로 꺾었다. 또다시 걷기 시작했다. 갈수록 억새의 키가 커져서 그런지 더위가 심하게 느껴졌다.

파홈은 어느 순간부터 피로를 느끼기 시작했다. 하늘을 쳐다보니 한낮이었다.

"자아, 이쯤에서 쉬자."

파홈은 걸음을 멈추고 바닥에 앉았다. 물을 마셔 가며 빵을 먹었을 뿐 눕지는 않았다. 누웠다가 잠이라도 드는 날에는 큰일이라 생각하고 잠시 동안 앉아 있기만 하였다. 그러고 나서 다시 걷기 시작했다. 처음에는 수월하게 걸을 수가 있었다. 금방 빵을 먹었기 때문에 기운이 났기 때문이다. 그러나 더위가 점점 심해지면서 졸음이 쏟아졌다. 그래도 그는 꾹 참고 걸으며, 한 시간의 인내가 일생의 득이 되리라고 생각했다.

그는 또 한 번 꺾은 다음에도 상당히 멀리까지 걸었다. 다시 왼쪽으로 꺾으려다 근처에서 촉촉한 분지를 발견하였다. 버리기엔 무척이나 아깝게 여겨졌다. 그는 또다시 생각에 잠겼다.

'저기라면 아마(亞麻)가 잘될 거야.'

그는 곧장 다시 걸었다. 그리하여 분지를 차지하고 난 후, 그 너머에다 구덩이를 파고 두 번째로 꺾는 모퉁이로 삼았다. 파홈은 쉬한 쪽을 돌아다보았다. 더위 때문에 모든 것이 아련하게 보였는데, 대기 속에서 안개가 아른거리는 바람에 쉬한 위의 사람들이 가물가물해 보였다.

"자아, 두 쪽은 이렇게 길게 잡았으니 이번에는 좀 짧게 잡아야겠는걸.'

그는 세 번째 모퉁이로 꺾어 들자 걸음을 재촉했다. 해를 보니 이미 저녁 나절이 가까워지고 있었다. 세 번째 모퉁이에서는 겨우 2베르스타도 못 갔는데, 출발 지점까지는 아직 15베르스타 이상 남아 있었다.

'안 되겠다. 이젠 곧장 길을 가야겠어. 더 이상 탐내지 말아야지. 땅은 이만하면 충분해.'

파홈은 급히 구덩이를 파고는 거기서 곧장 쉬한 쪽으로 방향을 바꾸었다.

9

파홈은 쉬한 쪽을 향해 곧바로 걸었다. 그런데 조금씩 괴로워지기 시작했다. 몸은 땀투성이인 데다 장화를 벗은 발은 찢기고 베여 상처투성이가 되었다. 게다가 다리가 떨려 제대로 걸을 수가 없었다. 조금만 쉬고 싶었으나 그럴 수도 없었다. 서두르지 않으면 해지기 전에 돌아갈 수가 없을 것 같았기 때문이다.

얼마 후, 해는 아랑곳하지 않고 넘어가려 하고 있었다.

'아아, 잘못한 게 아닌지 모르겠어. 너무 욕심을 낸 게 아닐까? 만약 늦었으면 어떡하지.'

그는 언덕과 해를 번갈아 쳐다보았다. 출발점까지는 아직도 멀었으나 해는 이제 막 지려 하고 있었다. 파홈은 걸음을 재촉했다. 몹시 괴로웠으나 걸음을 더욱더 빨리했다. 그러나 가도 가도 길은 멀었다. 마침내 뛰기 시작했다. 조끼도 장화도 물통도 모자도 다 내팽개치고 삽을 지팡이 삼아 마구 뛰어갔다.

'아아, 욕심이 너무 지나쳤어. 이제 다 끝났어. 해 떨어지기 전에는 도착할 것 같지가 않아.'

그는 두려운 생각으로 숨이 막혀 왔다. 파홈은 냅다 뛰었다. 땀에 젖은 내의는 몸에 찰싹 달라붙고 입술은 바싹 말라 버렸다. 가슴은 대장간 풀무처럼 펄떡거렸고 심장은 망치질하듯이 쿵쾅거렸다. 다리는 마치 남의 것처럼 휘청거렸다.

'이러다 죽는 것이 아닐까?'

급기야 무서운 생각까지 들기 시작했다. 죽는 것은 무섭지만, 그것 때문에 멈출 수는 없었다.

'그렇게 고생스럽게 뛰어왔는데, 이제 와서 멈춘다면 바보 소

릴 듣겠지.'

그가 달리고 달려서 바야흐로 쉬한 가까이에 갔을 때, 바슈키르 인들의 날카로운 고함 소리가 들려왔다. 그 고함 소리 때문에 그의 심장은 한층 더 열이 올랐다. 파홈은 최후의 힘을 다하여 달리고 있었다. 해는 지평선 가까이로 떨어지다가 결국 저녁 안개 속으로 가라앉아 버렸다. 이윽고 큰 핏덩어리처럼 새빨개지더니 막 넘어가기 시작했다. 해는 이제 떨어지고 있었다. 출발점까지는 그야말로 얼마 남지 않았다.

파홈은 쉬한 위에 서 있는 사람들, 그러니까 그에게 손을 흔들며 어서 오라고 재촉하는 사람들을 보았다. 땅 위에 놓인 여우털가죽 모자와 그 속에 든 돈도 보였다. 그리고 촌장이 땅바닥에 앉아 두 손으로 배를 움켜잡고 있는 모습도 보였다. 그러자 문득 지난밤에 꾼 꿈이 생각났다.

'땅은 많이 차지했지만 하느님이 그 위에 살게 해 주실까? 아아, 나는 나를 망쳤다! 도저히 출발점까지 달려갈 수가 없어.'

파홈은 해를 보았다. 그것은 이미 땅에 닿아 한쪽 끝은 가라앉고 한쪽 끝은 아치형이 되어 있었다. 그는 마지막 힘을 쥐어짜서 몸을 앞으로 기울이고 발을 끌며 넘어지지 않게 몸을 지탱하였다. 그리하여 가까스로 쉬한 아래쪽에 이르렀다. 그런데 갑자기 주위가 어두워졌다. 서쪽을 보니 이미 해가 져 버렸다.

파홈은 깜짝 놀랐다.

'애쓴 보람도 없이 허사가 되었구나.'

이렇게 생각하며 발을 멈추려는 순간, 바슈키르 인들이 쉴 새 없이 뭐라고 고함을 질러 대었다. 그러자 퍼뜩 언덕 밑에 있는 그에게는 해가 진 것같이 보이지만 쉬한 위에서는 아직 해가 지지 않았을지도 모른다는 생각이 들었다.

파홈은 용기를 내어 쉬한 위로 달려 올라갔다. 쉬한 위는 아직 밝았다. 파홈은 달려 올라가자마자 모자를 보았다. 모자 앞에는 촌장이 앉아서 두 손으로 배를 움켜잡고 큰 소리로 웃어 대고 있었다. 파홈은 꿈 생각이 나서 깜짝 놀랐다. 오금이 떨어지지 않아서 그 앞에 쓰러져 버렸다. 그는 쓰러지면서도 두 손으로 모자를 움켜쥐었다.

"허어, 장하구려! 땅을 많이 잡으셨소!"

촌장이 소리쳤다.

파홈의 머슴이 달려가서 그를 부축해 일으키려고 했으나 그의 입에서는 피가 흘러나오고 있었다. 그는 쓰러져 죽었던 것이다. 바슈키르 인들은 혀를 차며 그를 불쌍히 여겼다.

머슴은 파홈을 묻기 위해 삽을 들고 땅을 파기 시작했다. 머리에서 발끝까지 온전히 들어가도록 딱 3아르쉰(1아르쉰은 약 70센티미터—옮긴이)을 팠다. 그리고 그를 묻었다.

제 6 편

지옥의 붕괴와 부흥

1

그리스도가 사람들에게 가르침을 전하던 시대의 일이다.

그 가르침은 매우 확실해서 따르기가 지극히 쉬웠으며, 사람들을 악에서 구한다는 명백한 사실 때문에 어떤 사람도 그것을 받아들이지 않을 수가 없었다. 또한 누구도 그것이 전 세계에 전파되는 것을 막을 수 없었다. 그러자 모든 악마의 아버지이자 명령자인 비엘저버브는 불안에 휩싸였다. 만일 그리스도가 설교를 멈추지 않는다면 세상 사람들에 대한 자기의 권력은 영구히 없어져 버리고 말 것임을 그는 아주 잘 알고 있었던 것이다.

그는 걱정이 되어서 어쩔 줄 몰랐다. 그러나 그저 앉아서 실망하고 있기보다는 자기에게 순종하는 바리새 인과 학자들을 충동질하기로 하였다. 그는 될 수 있는 대로 그리스도교를 헐뜯어, 그리스도의 제자들이 그들의 스승 곁을 떠나 스승을 혼자 남게 하도록 했다. 치욕적인 형을 선고받고 모욕을 당해 모든 제자들에게서 버림받고, 거기다 형벌의 고통까지 치르게 된다면 제아무리 그리스도라 할지라도 마지막 순간에는 스스로 자신의 가르침을 부정하게 될 거라고 생각했다. 그렇게 되면 그 부정은 가르침의 모든 힘을 없앨 것이라고 말이다.

하지만 이 사건은 십자가 위에서 결판이 나도록 되어 있었다. 그리하여 그리스도가 다음과 같이 외쳤을 때 비엘저버브는 기쁨을 이기지 못했다.

"하느님, 하느님, 어찌하여 이 몸을 버리시나이까?"

그는 그리스도를 위해 준비해 두었던 족쇄를 집어 들고 그것을 자기 발에 채워 보았다. 그리스도에게 채웠을 때 풀어지는 일이 없도록 손질하여 두기 위해서였다.

그때 갑자기 십자가 위에서 다음과 같은 외침이 들려왔다.

"하느님 아버지, 그들을 용서하소서. 그들은 자신들이 무슨 일을 하고 있는지를 모르나이다."

그리스도의 목소리였다. 외침은 이어졌다.

"이루어졌도다!"

그러고 나서 그리스도는 숨을 거두었다.

비엘저버브는 이제 자기에게 모든 것이 끝장났음을 알았다. 발에 찬 족쇄를 풀고 도망치려 하였으나 그 자리에서 움직일 수 없었다. 그는 그리스도가 찬란한 영광에 싸여 지옥의 문 앞에 멈춰 서 있는 것을 보았다. 아담에서 유다에 이르는 모든 죄인이 지옥에서 악마들로부터 풀려 나오는 것을 보았고, 지옥의 벽마저도 소리 없이 사방으로 무너지고 마는 것을 보았다.

그러던 그 역시 더 이상 보고 있을 수 없었다. 날카로운 비명을 지르면서 마루 틈으로 빠져, 땅 밑의 지옥으로 그만 사라져 버리고 말았다.

2

백 년, 이백 년, 삼백 년의 세월이 흘렀다.

비엘저버브는 시간의 흐름을 계산하지 않았다. 그는 어둠과 죽음의 정적 속에서 꼼짝 않고 옆으로 누워 있었다. 옛날에 있었던 일들을 생각하지 않으려고 하면 할수록 오히려 생생하게 떠올랐다. 그는 다만 자기를 멸망케 한 장본인을 힘없이 미워할 뿐이었다.

그런데 갑자기—그로부터 몇백 년이 지났는지 그는 전혀 기억할 수 없었다.— 머리 위에서 발소리와 신음, 고함과 이를 가는 소리가 들려왔다.

비엘저버브는 고개를 들고 그 소리에 귀를 기울였다. 그리스도가 승리하고 난 뒤로 지옥이 다시 흥하리라곤 비엘저버브조차 전혀 상상하지 못한 일이었다. 그런데도 발소리와 신음과 고함, 그리고 이 가는 소리 같은 것이 더욱 뚜렷하게 들려왔다.

비엘저버브는 몸을 일으켰다. 그러고는 발톱이 삐죽이 나온 털북숭이 다리를 굽히고 앉아서—족쇄는 놀랍게도 어느새 풀려 있었다!—날개를 자유롭게 퍼덕거리며 휘파람을 불기 시작했다. 바로 그가 예전에 자신의 부하나 하인들을 부를 때 쓰던 휘파람이었다.

그가 다시 숨을 내쉬려는 순간이었다. 머리 위에 돌연 구멍이 뚫리면서 빨간 불빛이 번쩍이는가 싶더니, 그 구멍에서 악마의 무리가 서로 밀어젖히면서 몰려나왔다. 악마들은 시체를 파먹으러 달려드는 까마귀 떼처럼 비엘저버브의 주위에 모여 앉았다. 그중에는 큰 놈, 작은 놈, 뚱뚱한 놈, 마른 놈, 꼬리가 긴 놈, 짧은 놈이 있었고, 뿔이 곧은 놈도, 구부러진 놈도 있었다.

악마 가운데 한 놈은 번들번들 빛나는 까만 알몸에다 조그마한 재킷을 어깨에 걸치고는, 턱수염도 콧수염도 없는 동그란 얼굴에 축 늘어진 커다란 배를 드러낸 채 비엘저버브의 코앞에 웅크리고 앉았다. 이 악마는 불덩이 같은 눈망울을 이리저리 굴리면서 가늘고 긴 꼬리를 좌우로 규칙적으로 저으며 얼굴에 빙글빙글 웃음을 띠었다.

3

"이건 도대체 무슨 소린가?"

비엘저버브가 위를 가리키면서 물었다.

"저쪽 상황은 어떤가?"

"모든 것이 옛날과 다름없습니다요."

재킷을 걸친, 검게 빛나는 악마가 대답했다.

"그럼, 진짜로 죄인이 있단 말이냐?"

"네, 아주 많습지요."

"그럼, 그……, 그 녀석의 이름은 입에 담고 싶지도 않다만, 그 사나이가 가르친 종교라는 것은 대체 어떻게 됐단 말이냐?"

비엘저버브가 물었다.

재킷을 입은 악마는 날카로운 이를 드러내며 히죽 웃었다. 모여 앉은 악마들 사이에서도 비웃는 듯한 웃음소리가 들려왔다. 저쪽에서 망토 입은 악마가 말했다.

"그런 가르침이 우리에게 무슨 지장을 준다는 겁니까? 아무도 그런 건 믿지 않는다고요!"

비엘저버브가 대꾸했다.

"그렇지만 그 가르침은 확실히 우리한테서 그들을 구출하지 않았느냔 말이지. 그리고 그놈은 자기가 죽은 것으로 그걸 증명하지 않았느냔 말야!"

"전 그것을 고쳐서 다시 만들었습니다."

재킷을 입은 악마가 꼬리로 바닥을 빠르게 치면서 말했다.

"아니, 다시 고쳤다니……, 어떻게?"

"말하자면, 인간들이 그놈의 가르침이 아닌, 그놈의 이름으로 부르고 있는 저의 가르침을 믿도록 잘 고쳐 놓았습니다."

"어떻게 해서 너 같은 놈이 그렇게 할 수 있었단 말이냐?"

"저절로 그렇게 된 겁니다. 저는 그저 약간 도와주었을 뿐이에요."

"간단하게 말해 봐!"

비엘저버브가 다그치듯 명령했다. 재킷을 입은 악마는 고개를 떨구고 사색에 잠긴 듯한 표정으로 한참 동안 골똘히 생각하다가, 입을 열어 대답하기 시작했다.

"그 무서운 일이 일어났을 때, 즉 지옥이 무너지고 저희의 아버지이시며 명령자이신 어르신께서 저희를 떠나고 말았을 때, 저는 저희를 자칫 망하게 하기 십상인 그 가르침이 널리 퍼져 있는 곳으로 갔습니다. 그 가르침을 실천하는 인간들이 도대체 어떤 생활을 하고 있나, 바로 그것이 알고 싶어서였습니다.

거기서 저는 그 가르침대로 살고 있는 인간은 더할 나위 없이 행복해서 저희로서는 도저히 어떻게 해 볼 수가 없다는 사실을 알았습니다. 그들은 서로에게 화를 내는 일이 없었을 뿐만 아니라 여자의 아름다움에도 현혹되지 않았습니다. 그중에는 결혼하지 않는 자도 있었고, 대부분 한 사람만의 아내와 생활하면서 재산 같은 것은 가지려 하지도 않고 모든 것을 공동 소유의 재산으로 했으며, 공격하는 자가 있어도 그것을 힘으로 막으려 하지 않고 악에 대해서도 선으로 갚는다는 식으로 살고 있었습니다.

이렇게 그들의 생활이 너무나 훌륭했기 때문에 다른 인간들도 차차 그쪽으로 이끌려 가고 있었더란 말입니다. 이것을 보고 저는 이제 다 끝났다고 생각하고는 모든 것을 단념하고 돌아오려고 했습니다.

한데 바로 그때, 어떤 사태가 벌어졌습니다. 별로 대수로운 일은 아니었지만 저로서는 어쩐지 주의해서 볼 만한 상황이라는 생각이 들어 거기에 남기로 했습니다.

그 사태라는 것은 다름이 아니라, 인간들 사이에서 의견이 갈린 것입니다. 한쪽 인간들은, 사람들은 모두 할례를 받아야 하며 우상(偶像)에 바쳤던 것은 먹어서는 안 된다고 주장했습니다. 또 다른 이들은 이런 일은 불필요할뿐더러 할례라는 것은 받을 필요도 없으며 음식물은 무엇이든 먹어도 괜찮다고 했습니다. 저는 양쪽을 모두 충동질해서, 의견이 이처럼 서로 다른 것은 매우 중대한 일이며 어쨌거나 신에 관계된 것이니만큼 어느 쪽도 절대로 양보해서는 안 된다고 생각하게끔 만들어 놓았습니다. 그러자 그들은 서로 상대편에게 화를 내기 시작했습니다. 제 말을 믿는 그들의 싸움은 더욱 거칠어지고 커져 갔습니다.

저는 양쪽 인간들 모두에게 그들이 자기들 가르침의 진실성을 기적으로 증명할 수 있다고 생각하도록 바람을 넣었습니다. 기적으로 가르침을 증명할 수 없다는 것은 누구나 알고도 남을 사실인데도, 그들은 자기네들의 주장을 정당화시키기에 급급한 나머지 제 말을 전적으로 믿고 받아들였습니다. 저는 즉시 그들에게 기적을 베풀어 주었습니다. 기적을 만들어 보여 주는 것쯤은 뭐 그리 대단한 일이 아니지 않습니까? 그들은 자기들만이 정당해지고 싶다는 희망을 증명하기 위해서 무엇이든 경솔하게 믿어 버렸습니다.

한쪽 것들이 자기들 위에 불이 내렸다고 하면, 다른 쪽에서는 자기들에게는 죽은 스승이 나타났다든가 그 밖에 어이없는 갖가지 해괴한 말을 하기 시작했습니다. 그들은 전혀 있을 수 없는 일들을 생각해 내고는, 우리를 거짓말쟁이라고 부른 그자를 위하여 우리보다 더한 거짓말을 하면서도 스스로 그런 거짓말을 하고 있다는 것을 미처 깨닫지 못하고 있었던 것입니다. 그래서 한쪽 것들은 이렇게 말하는 것이었습니다. '너희 놈들의 기적이란 진짜가 아니다. 우리의 것이야말로 진짜다.' 그러면 또 한편에서는 '아니야! 너희야말로 가짜다. 우리의 것이 정말로 진짜란 말이다.'라고 우겼습니다.

일은 이렇게 제대로 되어 가고 있었습니다. 그런데 저로서는 말입니다, 너무 뻔한 저의 속임수를 그것들이 혹시나 눈치 채지는 않을까 해서 이만저만 걱정되는 게 아니었습니다.

그래서 교회라는 것을 생각해 냈습니다. 그들이 교회를 믿기 시작했을 때 전 비로소 마음을 놓을 수가 있었던 것입니다. 저는 그제서야 우리가 구원되고 지옥이 부흥되었음을 확실히 깨달을 수 있었습니다."

4

"그 교회라는 것이 도대체 뭔가?"

비엘저버브는 부하가 자기보다 똑똑하다는 것을 믿고 싶지 않았기 때문에 엄숙한 어조로 물었다.

"교회라는 것은 말입니다, 거짓말하는 인간들이 자기 말을 사람들에게 믿게끔 하고 싶을 때는 언제든지 신을 들고 나와 '신의 이름으로 맹세코 제가 하는 말은 진실입니다.'라고 말하는 것입니다. 이 경우 특별히 조심해야 할 것이 있습니다. 스스로 교회라고 믿고 있는 사람들은 자기네들은 결코 잘못 생각하는 일이 없다고 이미 확신하고 있다는 사실입니다. 그래서 그들이 아무리 어리석은 말을 할지라도 누구도 그것을 부정할 수 없다는 특수한 성질을 갖고 있습니다.

교회가 성립한다는 것은 다시 말해 이런 것입니다. 어떤 사람이 자기에게나 남에게 다음과 같이 믿게끔 한다는 뜻입니다. 즉 그들의 스승인 신은 인간에게 계시하는 계율이 잘못 해석되는 것을 피하기 위해서 특별한 사람들을 선택하여, 그렇게 특권을 물려받은 사람들만이 신의 가르침을 바르게 해석할 수 있다고 정해 놓았다고 말입니다. 이렇듯 스스로 교회라고 일컫는 사람들은 자신들만이 진리 속에 살고 있다고 생각합니다. 그러나 그것은 그들이 설교하고 있는 것이 진리여서가 아니라, 그들 자신만이 스승이신 신의 제자의, 그 제자의, 또 그 제자의 유일하고도 정당한 후계자라고 여기기 때문입니다. 이런 방식에는 기적이 일어났을 때와 같이 불합리한 점이 또 있었습니다. 그건 바로, 인간이라면 누구든 모두 자기 자신을 두고 '나만이 오로지 진실한 교회의 성원'이라고 단언할 수 있다는 것입니다. (이것은 언제나 그랬습니다.) 그리고 이 방법은 인간이 자기들이 곧 교회라고 하자마자, 또 그러한 말로 교리를 정하자마자 그들로서는 자기들이 말한 것을 부정할 수 없게끔 된다는 것입니다. 설사 그들이 아무리 터무니없는 소리를 할지라도, 혹 다른 것들이 어떤 말을 한다 하더라도 말입니다."

"그럼, 어째서 교회는 그 가르침을 우리에게 이익이 되도록 해석했단 말이냐?"

비엘저버브가 물었다.

"그들이 그런 짓을 한 건 말입니다."

재킷을 입은 악마가 대답했다.

"자기만이 신의 법칙을 해석하는 유일한 해설자라고 결정한 다음 그것을 사람들에게 믿게끔 만든 덕분에 그들 스스로 인간의 운명을 결정짓는 최고의 결재자가 되었기 때문입니다. 즉 인간에 대한 최고의 권력을 가지게 된 것입니다. 그러나 권력을 획득한 그들은 자연히 거만하게 되었고 그중 대부분은 타락해 버려, 사람들에게서 증오와 적의를 사게 되었습니다. 결국 그들은 자기들의 권력을 인정하지 않으려는 모든 인간을 폭력으로 박해하거나 벌하거나 불태워 죽이기 시작했습니다. 그리고 이렇게 자신들이 저지른 나쁜 일들이라든가 적에게 써 온 악랄한 수단을 변호하기 위해 신의 가르침을 왜곡하여 설명할 수밖에 없는 형편에 빠진 것입니다. 그래서 그것을 그대로 실행했던 것입니다."

5

"그렇지만 그 가르침이란 것은 매우 간단하고 명확한 것이었는데……."

비엘저버브가 말했다. 그는 여전히 자기 부하가 자기도 미처 생각하지 못했던 것을 생각해 내서 이루어 낸 일을 믿고 싶지 않았던 것이다.

"왜곡되게 해석한다는 것은 도저히 할 수 있는 일이 못 되지 않는가? 예를 들어 '네 자신이 남에게서 대우받기를 바라는 그

대로 남에게도 하라!'와 같은 말을 어떤 식으로 왜곡하여 설명할 수 있단 말이냐?"

"그런 문제에서도 그들은 저의 충고에 따라 여러 가지 방법을 썼지요."

악마가 이어 설명했다.

"사람들 사이에 이런 이야기가 있더군요. '착한 마술사가 인간을 나쁜 마술사로부터 구하려고 인간을 기장 낟알로 변하게 했다. 그랬더니 나쁜 마술사는 닭으로 변해서 그 낟알을 쪼아 먹으려 했다. 그러자 착한 마술사는 그 기장 낟알 위에다 1푸드(1푸드는 약 16.38킬로그램—옮긴이)의 곡식을 쏟아 부었다. 결국 나쁜 마술사는 곡식을 다 먹어 치울 수 없었고 필요로 했던 낟알을 찾아내지도 못하고 말았다.' 이 이야기처럼 그들은 자신들이 행하는 모든 것이 계율의 전부라고 모두에게 말하고 행동했습니다. 즉 마흔아홉 권의 책을 신의 계율을 설명한 신성한 책이라고 보고, 그 책들에 씌어 있는 모든 말씀을 신, 즉 성령의 입에서 나온 것이라고 규정한 것입니다.

그들은 단순하고 알기 쉬운 진리 위에 거짓의 진리를 산더미처럼 쌓아 올렸기 때문에 그것들을 모두 받아들일 수 없었을뿐더러, 사람들에게 반드시 필요한 단 하나의 진리도 찾아낼 수 없게 되고 만 것이었습니다. 이것이 그들이 제일 먼저 행한 방법입니다.

두 번째 방법은 그들이 이미 천 년 이상이나 응용해서 성공을 거두고 있는 것입니다. 오늘날에는 이미 이 방법이 쓰이지 않습니다만, 그들이 이것을 아예 버린 것은 아닙니다. 그들은 진리를 밝히고자 하는 사람들을 불태워 죽이는 일까지는 하지 않았습니다만, 적극적으로 그들을 비방해서 그 생활을 해치고 말았습니다. 그 때문에 극소수의 사람들만이 그들의 비행을 폭로하는 데에 그치는 겁니다. 이것이 두 번째 방법입니다.

세 번째 방법은 이런 것입니다. 그들은 스스로를 교회라고 규정하고 따라서 자기를 절대적으로 바른 것이라고 믿고 있습니다. 그래서 필요할 때에는 성서에서 말하는 것과 모순이 되는 말도 태연하게 가르치고, 이 모순에서 벗어나는 것은 제자들의 자유이자 역량에 달린 것인 만큼 그들에게 맡기고 있는 것입니다. 예를 들면 성서에는 이렇게 씌어 있습니다. '그대들의 스승으로는 그리스도 한 분만이 있을 뿐, 지상의 누구도 아버지라고 불러서는 안 된다. 그대들의 아버지는 단 한 사람, 하늘에 계신 아버지뿐이기 때문이다. 또 자기를 가르치는 사람이라고 이름하여도 안 된다. 너희를 가르치는 분은 오로지 한 분, 그리스도만이 있을 뿐이기 때문이다.' 그런데도 그들은 말합니다. '우리만이 아버지이고, 우리만이 사람들을 가르치는 사람이다.'라고…….

또 성서에서는 이렇게 말하고 있습니다. '만일 기도하려면 남

몰래 혼자 기도하라. 신께서 너의 기도를 들어주시리라.' 그런데 그들은 그 말을 바꿔, 교회 안에서 모두 함께 노래와 연주를 하면서 기도해야 한다고 가르치고 있습니다.

성서에는 이런 말도 있습니다. '절대로 맹세해서는 안 된다.' 그런데 그들은 사람들에게 '권력이 그대들에게 무엇을 요구하든 절대로 복종을 맹세해야만 한다.'라고 가르치고 있습니다.

성서에서는 '내 가르침은 영혼이요, 생명이다. 이것을 영혼의 양식으로 할지어다.'라고 합니다. 한데 그들은 빵 조각에 포도주를 묻혀 놓고서 이 빵 조각을 향해서 어떤 일정한 문구를 외면 빵은 몸이 되고 포도주는 피가 된다든가, 이 빵을 먹고 포도주를 마시는 것이 영혼을 구하는 데 매우 필요한 일이라고 가르치고 있습니다. 사람들은 그것을 믿고 열심히 이 빵과 포도주를 먹지만, 나중에 저희 악마들이 있는 곳에 떨어져 내려오면서 그것이 아무런 도움을 주지 못한다는 것에 무척 놀라는 것 같습니다."

재킷을 입은 악마는 말을 마치고는 눈알을 팽글팽글 굴리고 입을 귀밑까지 크게 벌리면서 이를 드러내고 웃었다.

"거 참 잘했다."

비엘저버브는 이렇게 말하고는 만족한 듯이 웃었다. 그러자 악마들도 모두 큰 소리로 와아 하더니 껄껄 웃었다.

6

"그러니까 말이다, 정말 너희가 있는 곳에는 옛날과 다름없이 간음한 자, 강도, 사람을 죽인 자 들이 있단 말이지?"

비엘저버브가 한층 들뜬 목소리로 물었다. 다른 악마들도 모두 명랑해져서, 그 앞에서 자신의 의견을 말하려고 앞다투어 지껄이기 시작했다.

"옛날 같은 정도가 아닙니다. 훨씬 더 심한 상태입니다."

한 악마가 소리쳤다.

"간음죄로 말할 것 같으면 전에 넣어 두었던 곳에 다 수용할 수도 없을 만큼 많습니다."

또 다른 악마가 날카로운 어조로 말했다.

"지금의 강도들은 전보다 훨씬 더 흉악합니다."

셋째 놈이 덧붙였다.

"사람을 죽인 놈을 불태우기에 장작이 모자랄 정도입니다."

넷째 놈이 외쳤다.

"그렇게 모두가 한꺼번에 떠들면 곤란하다. 내가 물을 테니 차례로 대답해라. 우선 간음 담당자부터 앞으로 나와서 말해 보아라. 아내를 바꾸면 안 된다든가, 음란한 마음으로 여자를 보아서는 안 된다고 한 녀석의 제자들을 지금 어떻게 다루고 있느냐? 간음 담당자가 누구지?"

"소인이옵니다."

비엘저버브 쪽으로 꼬리를 흔들며 엉금엉금 다가오면서 이렇게 말한 것은, 부석부석한 얼굴에 군침을 입가에 흘리면서 입을 오물거리고 있는, 마치 여자처럼 생긴 갈색 악마였다.

이 악마는 모두 앉아 있는 줄에서 앞으로 기어 나오더니 머리를 비스듬히 외로 꼬고 앉아, 끝이 귀얄(솔의 한 가지. 풀칠이나 옻칠 등을 할 때 씀—옮긴이)처럼 생긴 꼬리를 두 다리 사이에 끼워 이리저리 흔들면서 노래를 부르는 듯한 말투로 말했다.

"저희도 말입니다, 아버지이시며 명령자이신 당신께옵서 하신 바와 같이 옛날 그대로의 방식, 즉 천국 시대에 전 인류를 저희에게 넘겨주었던 방식에다 새로운 교회식 방법을 더해 나가고 있습니다. 새로운 교회식 방법이란 이런 것입니다. 즉 저희가 인간들에게 주입한 진짜 결혼에 관한 것이지요. 결혼이란 단순히 사나이와 계집의 결합이 아니라, 예복을 입고 결혼을 위해 세워진 커다란 건물로 가서 결혼을 위해 준비된 특별한 모자를 쓴 채 여러 가지 노랫소리에 맞추어서 작은 테이블의 둘레를 세 번 도는 것이다, 이렇게 생각하게 한 것입니다. 저희는 이것만이 결혼이라고 불어넣었습니다. 그랬더니 인간놈들도 그것을 사실이라고 여겨, 이 조건을 갖추지 않은 모든 남녀 관계는 아무런 구속도 받지 않는 단순한 향락이거나 생리적인 욕구의 만족에 불과하다고 생각하면서 누구나 거리낌 없이 이 만족에 빠져 버리는 것입니다."

악마는 말을 잠깐 멈추었다. 그리고 부석부석한 얼굴을 다른 한쪽으로 기울인 채 자기가 한 말의 반응을 기다리는 듯이 비엘저버브를 빤히 바라보았다.

비엘저버브는 알겠다는 뜻으로 고개를 끄덕여 보였다. 그러자 여자 같은 모습의 악마는 계속해서 말했다.

"이 방법과 함께 이전에 천국에서 쓰이던 금단의 나무 열매와 호기심을 불러일으키는 방법도 잊어버리지 않도록 쓰게끔 해서……."

그는 얼핏 보기에도 확연히 비엘저버브에게 아양을 떠는 듯한 어조로 말을 이었다.

"저희는 더할 나위 없는 성과를 거두고 있사옵니다. 인간 남자들은 많은 여자와 관계를 맺고 난 뒤에도 훌륭히 교회식 결혼을 할 수 있다고 생각하기 때문에 아무렇지도 않게 여자를 몇백 명씩 갈아 치우기도 했고, 그 결과 아주 음탕한 생활에 빠지기 일쑤입니다. 심지어 교회 결혼을 하고 난 다음에도 같은 행동을 계속하고 있습니다.

만약 어떤 이유로 '진짜 결혼'에 중요한 두서너 가지 조건이 꺼림칙하게 여겨지기라도 하면, 그들은 또 다시 테이블 돌기를 해서 그것으로 최후의 조건을 없애 버린다는 속임수까지 쓰고 있사옵니다."

7

여자처럼 생긴 악마는 여기까지 말하고는 입을 다물었다. 입가에 흥건히 고인 침을 꼬리 끝으로 훔치더니 또 다른 쪽으로 머리를 기울이고서 꼼짝 않고 비엘저버브 쪽을 바라보았다.

"거 참 간단해서 좋다."

비엘저버브는 말했다.

"칭찬하는 바이다. 다음, 강도 담당자는 누구냐?"

"소생이옵니다."

거대한 두 다리가 어정쩡하게 구부러진 덩치 큰 악마가 앞으로 내달으면서 대답했다. 머리 위에는 휘어진 커다란 뿔이 돋쳐 있고 콧수염은 위로 삐죽 솟아 있었다.

이 악마는 앞서 다른 악마가 한 것처럼 앞으로 기어 나와서는, 마치 군인처럼 두 손가락으로 팔자수염을 비틀어 올리면서 대악마 비엘저버브의 질문을 기다렸다.

"지옥을 파괴했던 그 사나이는,"

비엘저버브가 입을 열었다.

"인간들에게 하늘의 새처럼 사는 방법을 가르쳤고, 바라는 자에겐 베풀 것이며 바지를 원하는 자에게는 윗옷까지 벗어 주라고 말했으며, 구원을 받기 위해서는 재산을 나누어 줘야 한다고 말했다. 그런데 너희는 이것을 들어 알고 있는 인간들에게 도대체 어떻게 해서 강도짓을 하도록 할 수 있었느냐?"

"저희는 이렇게 해 왔습니다."

콧수염이 뻗친 마귀는 당당한 태도로 몸을 젖히면서 말하기 시작했다.

"아버지이시자 명령자이신 당신께옵서 사울왕을 선출할 때 하신 것처럼 했습니다. 그때 당신께서 선동하신 것처럼 저희는 인간에게 서로 훔치기를 그만두게 하는 대신, 한 사람에게 모든 사람에 대한 절대적인 권력을 갖게 하여 그 사람에게 자기의 것을 약탈하도록 허락하는 것이 유리한 일이라고 설득을 한 것입니다.

저희는 한 사람을 성전으로 데리고 가서 그 머리에다 특별한 모자를 씌우고 높은 팔걸이의자에 앉혔습니다. 그 두 손에는 각각 막대기와 둥근 공을 쥐게 하고, 몸을 깨끗이 하고 마음을 가다듬는 기름을 바르게 한 후에, 이 성유(聖油)가 칠해진 인간은 성부와 성자의 이름으로 신성한 귀인이라고 선언하였습니다. 그러면 이 신성한 사람이 행하는 약탈은 어떤 방법으로도 제한할 수가 없는 것입니다. 그래서 이 신성한 자와 그 제자, 또 그 제자의 제자들이 모두 위험에 처할 염려도 없이 태연하게 지속적으로 사람들의 것을 약탈하고 있는 것입니다. 게다가 거기에는 기름 같은 것을 바르지 않고도 아무 하는 일 없이 빈둥빈둥 놀고 있는 몇몇 인간들에게도 전혀 벌 받는 일 없이 노동 대중을 약탈해도 좋다고 허가하는 법률과 규칙이 마련되어 있습니다. 이렇게 하여 근래에 와서는 몇몇 나라에서는 기름을 바른 사람이 없더라도 그런 사람이 있는 나라와 마찬가지로 약탈이 계속되고 있는 것입니다.

그래서 사실은 아버지이시며 명령자이신 당신께서 보시는 바와 같이 지금 저희가 쓰고 있는 방법은 오랜 옛날에 쓰이던 방법인 것입니다. 다만 새로운 것이 있다면 저희는 이 방법을 보다 일반적으로, 보다 눈에 뜨이지 않도록, 그리고 보다 널리 공간과 시간 속에 퍼뜨려서 견고하게 했을 뿐입니다.

여기서 이 방법을 보다 일반적으로 했다는 의미는, 전에는 인간이 자신의 의지로 선출한 인사에게 복종하고 있었다면 지금 저희는 그들이 희망하는 것과는 전혀 상관없이 닥치는 대로 아무에게나 복종하게 만들었다는 것입니다. 이런 방법은 '간접세'라는 특별한 조세 제도에 힘입어, 약탈하는 사람들이 약탈당하는 자들을 직접 대면하지 않아도 된다는 이점이 있습니다.

이런 방법이 전보다 더 널리 퍼져 나갔다는 의미는, 이른바 그리스도교를 믿는 국민들이 자기 나라만의 약탈에 만족하지 않고 괴상하기 이를 데 없는 온갖 잡다한 구실을 내세워, 특히 그리스도교의 복음 전파를 구실로 약탈할 만한 것을 지닌 다른 나라의 국민들 것까지 약탈하고 있다는 뜻입니다. 이 새로운 방법은 공채나 국채와 같은 제도를 시행한 결과로 시간적으로도 전보다 더 널리 퍼져 있는 것입니다. 즉 현재 살아 있는 것들은 물론이고 후대 사람들까지도 약탈을 당하게 되는 것입니다.

이 방법을 저희가 더욱 견고하게 했다는 것은, 사람들이 약탈자의 우두머리들을 신성하게 여겨 쉽사리 거기에 반항할 수 없게 했다는 말입니다. 이름 있는 약탈자가 그 기름을 약간이라도 바르기만 하면 그는 당장 누구에게서든 원하는 만큼 태연하게 약탈할 수 있습니다.

이런 까닭으로 저는 시험 삼아 러시아에서 지극히 바보 같고 배운 것이 없는, 그리고 그들의 법률에 비추어 아무런 권리도 없는 방탕한 여자들을 차례로 제왕의 위치에 올려놓아 본 적이 있습니다. 심지어 그 마지막 여자는 단순한 음녀였을 뿐 아니라 남편과 그 정당한 후계자까지 죽인 범죄자였습니다.

그런데도 사람들은 그 여자가 그 기름을 받았다는 이유만으로, 그들이 지금까지 남편을 죽인 다른 자들에게 해 온 것과는 달리 그 여자의 콧구멍을 찢거나 채찍으로 치기는커녕 그녀에게 삼십 년 동안이나 노예처럼 복종했습니다. 또 그녀뿐만 아니라 수없이 많은 그녀의 정부(情夫)들이 전 국민의 재산과 자유를 약탈하도록 내버려두었던 것입니다.

그 때문에 오늘날에는 눈에 보이는 약탈, 즉 강제로 지갑이나 말, 옷 같은 것을 빼앗는 일 따위는 공공연하게 약탈할 가능성을 지닌 사람들이 끊임없이 행하는 그 합법적인 약탈에 비하면 전체의 백분의 일도 될까 말까 할 정도입니다. 그래서 지금 사람들은 그 합법적인 약탈을 '벌을 받지 않는 숨은 약탈'이라고 생각하면서 그것은 그저 약탈자들 사이의 투쟁에 의해서만 어느 정도 완화될 수 있다고 여길 뿐입니다."

8

"음, 그것도 꽤 훌륭한 이야기다."

비엘저버브는 말했다.

"그런데 살인에 관한 것은 어떠한가? 살인을 담당한 놈은 누구냐?"

"저입니다요."

한 악마가 대답했다. 날카로운 뿔이 솟아 있는 이 악마는 앞니가 빠진 핏빛 얼굴을 흔들며, 두껍고 단단한 꼬리를 왼쪽으로 쳐든 채 무리 가운데에서 앞으로 나왔다.

"너는 어떻게 해서 '악을 악으로 갚지 마라.', '원수를 사랑하라.'라고 말한 사나이의 제자들을 살인자로 만들 수 있었느냐? 도대체 이런 인간들을 어떻게 해서 그렇게 만들었지?"

"저희 역시 옛날 방법을 그대로 쓰고 있습니다."

빨간 악마는 귀가 멍멍해질 정도로 쩡쩡 울리는 목소리로 대답하였다.

"그러니까 인간의 마음속에 탐욕, 혈기, 증오, 복수심, 거만 등을 불러일으켜서 말입니다. 저는 옛날 방식 그대로 인간들의 스승들에게, 모든 사람이 살인을 못하게 하는 가장 좋은 방법은 스승들 자신의 손으로 공개적으로 살인자를 죽이는 것이라고 일러 주었습니다.

이 방법은 그들이 저희에게 살인자를 넘겨준다는 뜻이라기보다는, 저희를 위해서 살인자들을 마련해 주는 것이라 할 수 있습니다. 그들이 과거에 수많은 살인자들을 저희에게 넘겨주었고 또 지금도 넘겨주고 있는 것은 교회의 절대성과 그리스도교의 결혼, 그리고 그리스도교적인 평등에 관한 새로운 가르침에 따른 것입니다.

'교회는 절대적인 것'이라는 가르침이 이전에는 가장 많은 살인자를 저희에게 보내 주었습니다. 무슨 짓을 해도 정당하다는 교회의 한 사람으로 자처하던 사람들은, 가르침의 거짓 해설자들이 인간을 타락시키도록 내버려두는 것은 범죄이며 따라서 그런 인간을 죽이는 것은 신의 마음에 드는 일이라고 생각했습니다. 그래서 그들은 몇천만 명에 이르는 인간들을 벌하거나 태워 죽이고 말았던 것입니다.

이상한 점은 이렇게 참된 가르침을 알아듣기 시작했던 인간들을 벌하거나 불태워 온 그들은, 알고 보면 저희 악마들에게 가장 위험한 그런 인간들을 오히려 저희의 하수인, 즉 악마의 제자들이라고 생각하고 있었다는 사실입니다. 그래서 실제로 저희에게 순종하는 하인들이었던 인간, 즉 수많은 인간들을 벌하고 태워 죽여 온 그들은, 자신들이야말로 신성한 신의 뜻을 이행하는 집행자라고 여겼던 것입니다.

옛날에는 이와 같았습니다. 그런데 오늘날 수많은 살인자들을 저희에게 내려 보내고 있는 것은 그리스도교적 결혼과 평등에 관한 가르침입니다.

결혼에 관한 가르침은 저희에게 우선 부부는 서로를, 그리고 어머니는 갓난애를 죽이라고 권하는 것입니다. 남편과 아내는 교회 결혼의 규정과 관습의 어떤 요구가 귀찮게 여겨지면 서로 죽이게 됩니다. 어머니가 아이를 죽이는 것은 대부분 아이를 갖게 된 근본 원인인 남녀의 결합이 결혼으로 인정되지 않는 경우입니다. 이런 살인은 끊임없이 고르게 행해지고 있습니다.

평등에 관한 그리스도교의 가르침에서 비롯한 살인은 주기적으로 행해지고 있습니다만, 그 대신 그것은 매번 대규모로 이루어집니다. 이 가르침에 따라 사람들에게는, 법 앞에는 만인이 평등하다는 것을 불어넣어 줍니다. 그런데 약탈을 당한 사람들은 그것이 정당하지 않다고 느낍니다. 그들은 이 법 앞의 평등이란, 단지 약탈자의 입장에서 약탈을 계속하는 것이 편리하다는 이유로 내세운 것에 불과하다는 사실을 알아내게 됩니다. 그리고 그들 자신은 그렇게 할 수 없기 때문에 분개하여 약탈자들을 습격합니다. 이렇게 '전쟁에서 서로 죽이기'가 시작되어, 저희에게

때로는 한순간에 몇만 명이라는 살인자를 넘겨주는 결과로 나타나는 것입니다."

9

"'전쟁에서 서로 죽이기'라니? 모든 사람을 한 아버지의 자식이라고 보고 적을 사랑하라고 가르친 사람의 제자들을 너는 어떻게 해서 그쪽으로 이끌 수 있었느냐?"

빨간 악마는 이빨을 드러내 히죽 웃으며 입에서 불과 연기를 내뿜었다. 그러고는 즐거운 듯이 굵은 꼬리로 자기 등을 탁탁 두들겨 보였다.

"저희는 이렇게 하고 있습니다. 우선 여러 나라 국민들에게 다음과 같이 말합니다. '너희 나라의 국민이야말로 세계에서 제일가는 국민이다.' 예를 들어 '독일은 모든 나라 국민들의 위에 있다.', '프랑스, 영국, 러시아,⋯⋯ 너희 국민은 다른 어떤 나라의 국민들보다도 위에 있다.', '그러니 너희야말로 다른 모든 나라의 국민을 지배할 수가 있다.'라고 바람을 넣는 것입니다.

이렇게 저희가 모든 나라 국민들에게 같은 말을 불어넣은 결과, 그들은 자연히 항상 인접한 국가에서 위협을 느끼면서 일년 내내 방위를 하며 신경을 곤두세우고 서로에게 적대감을 가질 수밖에 없게 된 것입니다. 한쪽에서 방위 준비에 피를 흘리며 애쓰고 그 때문에 자기 이웃 나라에 원한을 품으면, 다른 나라들도 한층 더 방위에 부심하며 서로 더욱 미워하게 되는 것입니다. 그래서 원래는 저희를 살인자라고 부른 자의 가르침을 받아들인 사람들이 지금 다들 살인 준비와 살인 그 자체를 주된 할 일로 삼고 있는 것입니다."

10

"그거 아주 근사하군 그래!"

비엘저버브가 오랜 침묵 끝에 말했다.

"그런데……, 그렇다면 거짓에서 해방되어 제정신으로 돌아와 있는 학자들은 어째서 교회가 가르침을 왜곡하여 풀이하고 있는 것을 알아내지 못하고, 또 그 가르침을 부활시키려고 하지 않을까?"

"그건 그 학자들이란 것들이 그렇게 할 수 없기 때문입니다."

앞으로 기어 나오면서 자신만만한 어조로 말하기 시작한 것은 넓적한 판자때기 같은 얼굴을 한, 손발에 근육이라고는 전혀 찾아볼 수 없고 커다란 귀가 양옆으로 삐죽이 나온 검은 악마였다. 그도 보통 악마들과 마찬가지로 망토를 걸치고 있었다.

"어째서 할 수 없을까?"

비엘저버브는 망토 입은 악마가 자신만만하게 나오는 것이

못마땅한 듯이 따지는 어조로 반문했다.

그러나 망토 입은 악마는 그의 태도에 아랑곳하지 않았다. 게다가 다른 악마들처럼 꿇어앉지도 않고 팔짱을 낀 채 책상다리를 하더니, 조용하고도 담담한 어조로 거침없이 말을 하기 시작했다.

"그들이 그렇게 할 수 없는 까닭은 제가 항상 그들의 주의를 살펴 그들이 하는 짓을 알 수 있었기 때문이며, 또한 그들이 해야 할 일에서 멀리 떨어지게 하고 정작 그들이 알 필요가 없는, 또 결코 알 수도 없는 것에 관심을 기울이도록 하고 있기 때문입니다."

"어떻게 그렇게 했지?"

"그때그때 상황에 맞게 여러 가지 방법을 써 왔습니다."

망토를 입은 악마는 이어 대답했다.

"옛날에 저는 그들에게 가장 소중한 것, 예를 들면 삼위일체의 상호 관계라든가 그리스도의 출생과 그 자연성, 신의 특성 등등의 것들을 자세하게 알아야 한다고 바람을 넣었습니다. 그래서 그들은 오랫동안 그런 것들에 대해서 토론하거나 증명하면서 서로 화내고 싸우기를 일삼았습니다. 그렇게 논쟁에 정신을 빼앗긴 나머지 자기들이 어떻게 살아야 하는가에 대한 것은 전혀 생각하지 못했던 것입니다. 어떻게 살아야 할지에 대해 생각하지 못했으므로 자연히 자신들의 스승이 인생에 관해서 이야기한 것조차도 염두에 둘 필요가 없게 되고 말았던 것이옵니다.

그렇게 그들이 토론에 너무 깊이 빠져들어 나중에는 자기가 무엇을 말하고 있는지조차 이해할 수 없게 되자, 저는 일부 인간들을 향해서 그들에게 가장 중요한 것은 천 년 전 그리스에 살았던 아리스토텔레스라는 인간이 쓴 것을 전부 연구하고 해명하는 일이라고 일깨워 주었습니다. 또 다른 학자들에게는 그들에게 가장 중요한 것은 돈을 만들어 내는 돌이며, 모든 질병을 치료하고 인간이 죽지 않게 하는 비약(秘藥)을 발명하는 것이라고 일깨워 주었습니다. 그래서 내로라하는 현명한 학자들이 자신의 지적(知的)인 능력 전부를 거기에다 쏟기 시작하였던 것입니다.

한편, 여기에 흥미를 느끼지 못한 자들에게는 지구가 태양의 주위를 돌고 있는지, 아니면 태양이 지구를 돌고 있는지를 알아야 한다고 일깨워 주었습니다. 그리하여 태양이 도는 것이 아니라 지구가 돌고 있다는 것을 알았을 때, 또 태양에서 지구까지의 거리가 몇 백만 베르스타에 이른다고 결정했을 때 그들은 매우 기뻐했으며, 이후 오늘날까지 한층 더 열심히 별에서 지구까지의 거리를 연구하고 있습니다. 하지만 그들도 사실은 이 거리에는 끝이 없다는 것과 계산을 할 수도 없다는 것, 그리고 별의 개수도 수없이 많다는 것 등을 알고 있습니다. 그러니까 그것을 알 수 없으며 알 필요조차 없다는 것을 알고 있는 것입니다.

이뿐만 아니라 저는 그들에게 모든 짐승, 벌레, 식물, 무한히 작은 생물 들이 어떻게 해서 생겨났는가, 그것을 아는 것도 매우 중요하고 필요한 일이라고 불어넣어 주었습니다. 하기는 이런 것들도 마찬가지로 그들에겐 전혀 알 필요가 없는 것이고 또 알 수도 없다는 것은 다분히 명확한 사실입니다. 생물의 수효는 별의 수효처럼 무한히 많은 것이 당연한데도, 그들은 어리석게도 이러한 물질 세계에서 일어나는 여러 현상을 연구하는 데에 자기들의 능력을 있는 대로 기울입니다. 그래서 자기들이 알 필요가 없는 것을 알면 알수록 오히려 자기들에게 알려져 있지 않은 것이 점점 더 늘어나는 데에 놀라 정신을 못 차리고 있는 것입니다.

그들의 연구가 진행되어 감에 따라 그들이 알아야 할 미지의 영역이 넓어지고 연구 대상 또한 더욱 복잡해져서, 이미 획득한 지식도 점점 더 생활에 응용할 수 없는 것이 되어 버리고 말 것은 불 보듯 뻔한 사실입니다. 그런데도 그들은 그것에 조금도 흔들림 없이 오직 자기가 하는 일만이 중요하다고 믿으면서 계속해서 연구하거나 쓰거나 선전하거나 인쇄하고, 또 대부분 아무 쓸모도 없는 자기들의 연구와 논문을 외국어로 번역하고 있습니다. 개중에는 간혹 어디엔가 쓸모가 있는 것도 있지만, 그것은 그저 소수의 부자들에게 심심풀이가 되곤 할 뿐, 수많은 가난한 사람들에게는 더욱 나쁜 영향을 끼치고 있습니다.

그들에게 가장 필요한 것 중 하나는 그리스도가 가르친 '생의 법칙'을 확립하는 것이라는 사실마저도 절대로 깨닫지 못하게 하기 위해 저는 이렇게 일깨워 주었습니다. '너희는 정신생활의 법칙을 알 수 없다. 그리스도의 가르침을 비롯한 모든 종교적 가르침은 망상이고 미신이다. 단, 너희가 어떻게 살아야 하는지 알기 위해서는 (너희를 위해서 내가 생각해 낸) 사회학이라고 불리는 학문, 즉 옛날 사람들의 온갖 그릇된 생활을 연구하는 학문을 통해야만 한다.'라고 말입니다.

그래서 그들은 이렇게 생각하기 시작했습니다. '우리 자신이 그리스도의 가르침에 따르는 것으로 좋은 인생을 살려고 노력하는 것은 아무 소용이 없다. 우리는 오직 옛사람들의 생활을 연구하기만 하면 된다. 그 연구에서 생활의 일반적인 법칙을 끌어 낼 수 있으며, 우리가 잘 살기 위해서는 무엇보다 이들 법칙에 순응하며 생활하는 것이 중요하다.'라고 말입니다.

이쯤 되자 저는 그들을 허위에 한층 더 단단하게 붙들어 매어두기 위해서 어느 정도 교회의 가르침과 비슷한 것을 이용했습니다. 그것은 그들의 세상에서 과학이라고 부르는 지식으로서, 과학은 연속성이 있으므로 과학의 주장은 교회의 주장과 마찬가지로 완전무결하다는 내용이었습니다.

과학의 사도라고 일컬어지는 사람들은 자신이 완전무결하다고 믿게 되자마자, 실은 자연의 이치로서 불필요할 뿐 아니라

때로는 어리석기 그지없는 의견을 의심할 수 없는 진리로 선언하기에 이르렀습니다. 그들이 한번 입에 담은 주장은 두 번 다시 부정할 수 없는 것이 되고 만 것입니다.

따라서 저는 주저하지 않고 이렇게 말할 수 있습니다. 제가 생각해 낸 과학에 대한 정의와 노예적인 굴종 의식을 그들에게 불어넣고 있는 동안에는, 그들은 한때 위태롭게도 저희를 파멸시킬 뻔했던 가르침을 납득할 수가 없을 것입니다."

11

"대단히 좋도다. 수고했다."

비엘저버브는 말했다. 그의 얼굴은 빛났다.

"너희에겐 상을 줄 만한 가치가 있다. 나는 기꺼이 너희에게 상을 내리겠다."

"아니, 그러면 저희는 생각하시지 않는 것입니까……?"

그의 말이 떨어지기가 무섭게 나머지 악마들, 즉 갖가지 빛깔의 작은 놈, 큰 놈, 다리가 굽은 놈, 뚱뚱한 놈, 비쩍 마른 놈 들이 와글와글 떠들어 대는 소리가 귀청을 찌를 듯했다.

"너희는 무엇을 했기에 그러느냐?"

비엘저버브가 물었다.

"저는 기술 개선 담당자입니다."

"저는 분업 담당입니다."

"전 교통 담당입니다."

"아, 저는 서적 출판 아닙니까……."

"전 예술 담당……."

"전 말입니다, 의술이지요."

"전 문화 담당입니다."

"저는 교육 담당입니다."

"저로 말하면 인간 교정 담당……."

"전 마취 담당입니다."

"전 자선 단체의……."

"전 사회주의 쪽을 담당한……."

"저는 여권 신장 담당이에요."

그들은 갑자기 비엘저버브의 코앞에 다가가더니 서로 밀치락 달치락하며 지껄이기 시작했다.

"모두 간단히, 하나씩 말해 봐!"

비엘저버브가 소리쳤다.

"너!"

그는 기술 개선을 담당한 악마를 지목하며 물었다.

"그래, 넌 무엇을 했지?"

"저는 인간들에게 그들이 물건을 되도록 많이, 또 빨리 만들면 그만큼 그들의 생활이 윤택해질 것이라고 바람을 넣었습니다.

그 결과 인간들은 물건을 만들어 내기 위해 자기 생활은 돌보지 않았으며, 물건은 그것을 만들게 하고 있는 사람들에게 불필요할뿐더러 만드는 사람들마저 손도 댈 수 없는 것임에도 끊임없이 만들어지고 있습니다."

"좋아. 그럼 너는?"

비엘저버브는 분업 담당 악마 쪽으로 얼굴을 돌렸다.

"저는 물건을 만드는 데에는 사람의 손보다 기계를 쓰는 편이 빠르므로 인간을 기계로 바꿔 버릴 필요가 있다고 불어넣고 있습니다. 따라서 그들은 그것을 실천하고 있습니다. 한데 기계에게 자리를 빼앗긴 사람들은 자기들을 그렇게 만든 이들을 미워하고 있습니다."

"응, 그것도 좋아. 그리고 넌?"

비엘저버브는 교통 담당 악마에게 말을 걸었다.

"저는 인간들에게 그들이 행복해지기 위해서는 되도록 빨리 이곳에서 저곳으로 이동할 필요가 있다고 바람을 넣었습니다. 그래서 인간들은 각자 제 나름의 장소에서 자신의 생활을 향상시키지 않고, 대신 대부분의 시간을 이리저리 옮겨 다니는 데에 쓰고 있습니다. 그들은 한 시간에 50베르스타 이상이나 움직이며 돌아다닐 수 있는 것을 크나큰 자랑으로 여기고 있습니다."

비엘저버브는 그것도 칭찬해 주었다.

뒤이어 서적 출판 담당 악마가 앞으로 나왔다. 그는 되도록 많은 사람들에게 이 세상에서 행해지거나 쓰이는 더러운 것, 어리석은 것 들을 모조리 전하는 일을 하고 있다고 말했다.

예술 담당 악마는 자신이 인간의 고조된 감정을 위안하고 고무하는 듯이 가장하고 있으며, 인간의 악덕을 매혹적인 형식으로 그림으로써 그것을 묵과하고 있다고 설명했다.

의술 담당 악마는 설명하기를, 자신은 인간에게 가장 필요한 일이란 곧 자기 육체에 대한 배려라고 생각하도록 바람을 넣는다고 말했다. 그런데 자기 육체를 배려하는 것은 한이 없기 때문에, 의학의 도움을 얻어서 자기 몸만을 생각하고 있는 사람들은 다른 사람의 생활에 대한 것은 고사하고 자기 자신조차도 잊어버리고 말 것이라고 했다.

문화 담당 악마는 말하기를, 자기는 기술 담당, 분업 담당, 서적 출판 담당, 예술 담당, 교통 담당 등의 악마가 관리하는 모든 일을 이용하는 것이이야말로 하나의 사업이라는 것과, 이 모든 것을 이용하는 사람들은 충분히 자신에게 만족하고 있기 때문에 그 이상 잘되려고 노력할 필요가 없다는 것을 사람들에게 불어넣어 주고 있다고 했다.

교육 담당 악마는, 인간들 자신은 비록 나쁜 생활을 하더라도 그 자식들에게는 좋은 생활을 가르칠 수 있다고 사람들에게 바람을 넣고 있다고 말했다.

인간 교정 담당 악마는, 인간은 그 자체가 부덕한 몸이기는 하지만 타인의 악덕은 정할 수 있다고 가르친다고 했다.

마취제의 악마는 말했다. 자기는 사람들에게 그들이 잘 살아 보려고 노력하는 동안 생겨나는 고통은 그저 피할 것이 아니라 술이나 담배, 아편, 모르핀 같은 마약에 의지해 망각하는 것이 제일이라고 가르치고 있다고 했다.

자선 담당 악마는 인간들을 다음과 같이 깨우쳤다고 말했다. 많은 물건을 약탈한 인간이 약탈당한 자에게 그 물건의 일부를 줄 때 그들은 덕이 있는 사람이 되며, 자기 완성까지는 할 필요가 없다고. 그래서 그들이 선의 세계에 들어가지 못하게 한다는 것이었다.

사회주의 담당 악마는, 자기는 인간 세계에서 최고의 사회 체제를 만들기 위하여 계급 간의 적개심을 불러일으키고 있다고 큰소리를 쳤다.

여권 신장 담당 악마 역시 생활 조직을 한층 더 좋게 하기 위해서 자기는 계급 투쟁 말고도 이성(異性) 간의 반목까지 불러일으키고 있다고 했다.

"저는 향락 담당자로서……."

"저는 유행 담당으로서……!"

다른 악마들도 비엘저버브 쪽으로 기어들면서 마구 떠들어대기 시작했다.

듣다 못한 비엘저버브가 외쳤다.

"너희는 내가 늙어 망령이라도 들어서 인생에 관한 가르침이 거짓이 되는지 안 되는지를, 또 너희에게 해가 되었던 모든 것들이 당장 유익하게 변하리라는 것을 진정 모르고 있다고 생각하느냐?"

그러고는 한바탕 소리 내어 웃으며 말했다.

"이젠 그만해 둬! 모두들, 여하튼 고맙다."

그는 날개를 한 번 치더니 벌떡 일어났다. 악마들은 비엘저버브를 둘러쌌다. 악마들이 늘어선 줄 한쪽 끝에는 어깨에 재킷을 걸친 악마, 즉 교회의 발명자가 있었고 다른 한쪽 끝에는 긴 망토를 걸친 과학의 발명자가 서 있었다. 이 두 악마가 서로 손을 내밀어 잡자 악마들의 원이 만들어졌다.

그들은 큰 소리로 웃고 캑캑거리고 쇳소리를 내면서 휘파람을 불기도 하고, 깡충깡충 뛰며 꼬리를 젓다가 떨다가 하면서 비엘저버브의 주위를 빙빙 돌며 춤을 추었다. 비엘저버브는 날개를 펼치고 흔들면서 무리의 한가운데에서 발을 높이 들고 춤을 추었다. 그때 위쪽에서는 아비규환의 비명과 신음과 이를 가는 소리가 들려오고 있었다.

제 7 편

세 가지 물음

언젠가 황제는 이런 생각을 했다.

'만일 내가 언제나 모든 일을 시작해야 할 때를 안다면, 또 어떤 사람들과 일을 해야 하고 어떤 사람들과는 일을 해서는 안 되는지를 안다면, 그리고 모든 일 가운데에서 어떤 일이 가장 중요한지를 안다면 무슨 일을 하든 실패하지 않으리라.'

그래서 황제는 나라 곳곳에다 방을 붙였다. 즉 모든 일을 하는 데 있어서 언제가 가장 좋은 때인가, 어떤 사람들이 가장 필요한가, 어떻게 해야 일을 그르치지 않는가, 모든 일 가운데서 어떤 일이 가장 중요한가 하는 것을 알 수 있는 법을 가르쳐 주는 자에게는 크게 포상하겠노라는 내용이었다.

그러자 학자들이 황제를 찾아와 그의 물음에 대하여 여러 가지 대답을 내놓았다.

첫 번째 물음에 대하여 어떤 자들은 이렇게 말했다. 모든 일을 하는 데 언제가 가장 좋은 때인지를 알려면 미리 연월일의 예정표를 만들어 예정된 일을 엄격히 실행하여야 한다, 그래야만 모든 일이 제때에 행해질 것이다.

다른 자들은 말했다. 어떤 일을 언제 할 것인지를 미리 결정해서는 안 된다. 쓸데없는 놀이에 이끌리지 말고 언제나 세상 돌아가는 것에 주의를 기울이며, 그때그때 요구되는 일을 해야 한다.

또 다른 사람들은 황제에게 가장 필요한 사람은 보필하는 사람, 즉 정치가라고 말했고 다른 어떤 자들은 신관(神官)이라고 말하는가 하면, 의사라고 하는 자, 군인이라고 말하는 자들도 있었다.

어떤 일이 가장 중요한가 하는 세 번째 물음에 대해서도 어떤 자들은 세상에서 가장 중요한 일은 학문이라고 말하고 다른 자들은 예술이라고 말하는가 하면, 또 다른 자들은 신을 공경하는 것이야말로 가장 중요한 일이라고 말했다.

대답은 각양각색이었다. 황제는 어떤 대답에도 동의하지 않았으며 어느 누구에게도 포상하지 않았다. 그는 자기의 물음에 대한 정확한 대답을 얻을 양으로 현인으로 평판이 높은 은사(隱士)에게 그것을 묻기로 마음먹었다.

은사는 숲 속에 살고 있었다. 아무 데에도 나가지 않고 수수한 사람들만 만나며 지냈다. 그래서 황제는 수수한 옷을 입고 호위병들을 중간에 떼어 놓은 채 말에서 내려 혼자서 은사의 암자까지 걸어갔다.

황제가 다가갔을 때 은사는 자기의 오두막 앞에서 이랑을 파고 있었다. 그는 황제를 보자 가볍게 인사를 하고는 곧바로 다시 흙을 파기 시작했다. 비쩍 마른 몰골로 힘겹게 숨을 쉬면서 땅에 삽을 박아 조그만 흙덩어리를 뒤집고 있었다.

황제는 그에게 다가가 말했다.

"현명하신 은사님, 나는 당신에게 세 가지 물음에 대한 대답을 얻으려고 이렇게 찾아왔습니다. 나중에 가서 후회하지 않으려면 어떤 때를 잊지 않아야 하며 놓치지 말아야 합니까? 또 어떤 사람들이 가장 필요한 사람들이며, 따라서 어떤 사람들과 함께 더 많은 일을 하고 어떤 사람과는 덜 함께해야 합니까? 어떤 일이 가장 중요하며, 모든 일 가운데서 어떤 일을 다른 일보다 먼저 하여야 합니까?"

은사는 황제가 말하는 것을 가만히 듣고 있었으나 아무 대답도 하지 않았다. 그는 손바닥에 침을 뱉고는 다시 흙을 파기 시작했다.

"당신은 지친 것 같습니다."

황제는 말했다.

“삽을 이리 주십시오. 내가 대신 조금 하겠습니다.”

“고맙소.”

은사가 대답하며 삽을 건네고는 땅바닥에 앉았다.

두 이랑을 파고 나자 황제는 일손을 멈추고 거듭 질문을 던졌다. 은사는 이번에도 아무런 대답 없이 일어나 삽 쪽으로 손을 뻗었다.

“이제 당신이 쉴 차례요. 내가 조금 하겠습니다.”

그는 말했다.

그러나 황제는 삽을 건네지 않고 흙 파기를 계속했다. 한 시간, 또 한 시간이 지났다. 해가 나무 뒤로 넘어가기 시작하여 황제는 삽을 땅에 꽂고 말했다.

“현명하신 은사님, 나는 내 물음에 대한 답을 얻으려고 이렇게 찾아왔습니다. 만일 대답할 수 없으시다면 그렇다고 말씀하세요. 그러면 집으로 돌아가겠습니다.”

“저기 누군가가 이리로 뛰어오는군.”

은사가 말했다.

“누군지 봅시다.”

황제가 뒤돌아서 보니 숲 속에서 한 털북숭이가 달려오고 있었다. 그 사람은 두 손으로 배를 움켜잡고 있었으며 손 밑으로 피가 흐르고 있었다. 그렇게 황제에게 달려오더니 땅바닥에 쓰러지고 말았다. 두 눈을 치켜뜬 채 꼼짝도 하지 않고 계속해서

희미한 신음 소리만 냈다.

황제는 은사와 함께 그 사람의 옷을 벗겼다. 그의 배에는 큰 상처가 있었다. 황제는 될 수 있는 대로 조심스럽게 상처를 씻고는 자기의 손수건과 은사의 수건으로 상처를 감았다. 그러나 피는 좀처럼 멎지 않았다. 황제는 몇 차례 더운 피로 흠뻑 젖은 수건을 풀어 헹군 다음 다시 수건을 감았다.

피가 멎자 부상자는 정신을 차리고 물을 청했다. 황제는 신선한 물을 길어 와 마시게 했다.

그러는 동안 해가 져서 날이 서늘해졌다. 황제는 은사의 도움을 얻어 부상자를 오두막으로 옮겨 침상에 눕혔다. 부상자는 누운 채 눈을 감고 가만히 있었다. 황제는 하루 종일 걷고 일하느라 지친 나머지, 문지방 위에서 담배를 한 대 피우고 나자 그대로 깊은 잠에 빠졌다. 그리하여 짧은 여름밤을 한숨에 보냈다.

이튿날 아침, 잠에서 깨어 눈을 떴을 때 황제는 자기가 어디에 있는지, 그리고 침대에 누워 번쩍이는 눈으로 자기를 빤히 쳐다보고 있는 기이한 털북숭이가 누구인지 한동안 알아차리지 못했다.

"나를 용서하시오."

털북숭이는 황제가 깨어난 것을 보고는 힘없는 목소리로 말했다.

"나는 당신을 모르오. 나에게는 아무것도 당신을 용서할 것이 없소."

황제가 말했다.

"당신은 나를 모르지만 나는 당신을 알고 있습니다. 당신은 나의 형을 처형하고 나에게서 재산을 빼앗았습니다. 그러니까 나는 당신에게 복수하기로 맹세한, 바로 당신의 적입니다. 나는 당신이 혼자서 은사에게 가신다는 것을 알고는 당신이 돌아갈 때 당신을 죽이려고 마음먹었습니다. 그러나 꼬박 하루가 지나도록 당신은 오지 않았습니다. 당신이 어디에 계신지 알아볼 생각으로 숨어 있던 곳에서 나온 바로 그때, 나는 당신의 호위병사들과 부딪쳤습니다. 그들이 나를 알아보고 나에게 상처를 입혔던 것입니다. 나는 그들에게서 도망쳐 달아났습니다. 만일 당신이 내 상처를 수건으로 감아 주지 않으셨다면 나는 피를 흘려 죽고 말았을 겁니다.

나는 당신을 죽이려고 했는데 당신은 내 목숨을 구해 주셨습니다. 이제 내가 살아남는다면, 그리고 당신이 그러기를 바라신다면 아주 충실한 종이 되어 당신을 섬기겠습니다. 나뿐만 아니라 내 자식놈들한테도 그러라고 이르겠습니다. 나를 용서하십시오."

황제는 그처럼 수월히 자신의 적과 화해가 이루어진 것에 무척 기뻐하며 그를 용서하였다. 또 그의 재산을 돌려주었고 그를 돌보도록 자기의 종들과 의사까지 보내 주겠다고 약속했다.

황제는 부상자와 헤어진 뒤 밖으로 나가 은사를 찾느라고 주변을 둘러보았다. 이곳을 떠나기 전에 마지막으로 그에게 자기의 물음에 대한 답을 청하고 싶었던 것이다.

은사는 전날 파 놓은 이랑 가를 따라 무릎으로 기면서 채소 씨앗을 심고 있었다. 황제는 그에게 다가가 말했다.

"현명하신 은사님, 마지막으로 나의 물음에 대답해 주시기를 바랍니다."

"그 대답은 이미 되어 있잖소."

은사는 비쩍 마른 다리를 쭈그리고 앉아 자기 앞에 서 있는 황제를 위아래로 훑어보더니 대답했다.

"어떻게 대답이 되어 있다는 겁니까?"

황제가 물었다.

"'어떻게'라고 했소?"

은사가 되물으며 말을 이었다.

"만일 당신이 어제 내가 약한 것을 가엾게 여기지 않고 나 대신 이 이랑을 파지도 않고 혼자서 되돌아갔다면 저 젊은이가 당신을 덮쳤을 것이고, 그러면 당신은 나와 함께 남아 있지 않았던 것을 뉘우쳤을 것이오. 그러니까 당신이 이랑을 팠을 때가 가장 좋은 때였고 내가 가장 중요한 사람이었을 것이며 또한 나에게 선한 일을 한 것이 가장 중요한 일이었던 것이오. 그리고 그 사람이 달려오고 나서 가장 좋은 때는 당신이 저 사람을 간

병할 때였는데, 만일 당신이 그 사람의 상처를 수건으로 감아 주지 않았다면 그 사람은 당신과 화해하지 않고 죽었을 것이기 때문이오. 그러니까 가장 중요한 사람은 그 사람이었고 가장 중요한 일은 당신이 그 사람에게 해 주었던 일이오.

그런즉 가장 중요한 때는 오직 하나 '지금'인 것이고, 왜 그것이 가장 중요한가 하면 오직 '지금'에 있어서만 우리는 그것을 마음대로 다룰 수 있기 때문이오. 또 가장 중요한 사람은 지금 접촉하고 있는 사람인데, 그것은 앞으로 그와 다시 만나게 될지 어떨지 아무도 알 수 없기 때문이오. 가장 중요한 일은 그 사람에게 선을 행하는 것인데, 그것은 인간이 오직 그것을 위해서만 이 세상에 보내졌기 때문이오. 이것을 마음에 새겨 두시오."

제 8 편

신은 진실을 보지만 이내 말하지는 않는다

블라지미르 시(市)에 악쇼노프라는 젊은 상인이 살고 있었다. 그는 가게 두 채와 살림집 한 채를 가지고 있었다.

악쇼노프는 아마빛의 금발 곱슬머리를 한 미남으로, 블라지미르 시에서도 제일가는 쾌남이자 노래꾼이었다. 그는 지금보다 더 젊었을 때부터 술을 많이 마셨고 그럴 때면 매번 행동이 거칠어졌으나, 장가를 들고 나서는 술을 끊다시피 해서 그저 어쩌다 한번 그런 일이 일어날 뿐이었다.

어느 여름, 악쇼노프는 니쥐니의 시장에 가게 되었다. 그가 집에서 나서려 할 때 아내가 그에게 말했다.

"이반 드미트리예비치, 오늘은 가지 않는 게 좋겠어요. 간밤에 당신 꿈을 꾸었는데 예감이 좋지 않아요."

악쇼노프는 껄껄 웃고는 말했다.

"당신은 혹시나 내가 시장에서 술독에 빠지는 건 아닌가, 바로 그게 걱정이겠지?"

아내는 말했다.

"나도 모르겠어요. 무엇이 걱정되는지……. 하지만 꿈자리가 사나워요. 당신이 시내에서 돌아와 모자를 벗는데, 아 글쎄, 당신의 머리가 새하얗지 뭐예요."

악쇼노프는 웃음을 터뜨렸다.

"뭐, 그건 벌이를 한다는 뜻이겠지. 어디 두고 봐, 많이 벌어 값진 선물을 사 가지고 올 테니."

그러고는 식구들과 헤어져 길을 나섰다.

노정의 절반쯤 왔을 때 그는 알음알이인 한 상인과 만나 그와 한 객줏집에 묵었다. 그들은 함께 차를 마시고 나서 나란히 붙은 두 방에서 따로 잠자리에 들었다. 악쇼노프는 오래 자는 것을 좋아하지 않았다. 이른 새벽에 잠에서 깬 그는 찬바람을 맞으면서 가는 것이 더 기분 좋겠다는 생각에 어자(馭者, 말을 부리는 사람—옮긴이)를 깨워 말을 채우라고 일렀다. 그런 다음 뒤곁의 방으로 가 객주와 셈을 마치고 길을 떠났다.

한 40베르스타쯤 갔을 때 그는 여물을 주려고 어느 여인숙에서 말을 멈추고는 마루 턱에 잠시 앉아 쉬었다. 점심때가 되자 악쇼노프는 앞 계단으로 나가 그곳 일꾼에게 사모바르(러시아 전래의 주전자—옮긴이)를 내오도록 시키고는 기타를 꺼내어 연주하기 시작했다.

그때, 방울을 단 트로이카(세 필의 말이 끄는 러시아 특유의 썰매. 눈이 없을 때는 바퀴를 달아 마차로도 씀—옮긴이)가 마당으로 들어왔다. 마차에서 관리 한 사람과 병사 둘이 나오더니 악쇼노프에게 다가와 물었다.

"네 이름은 무엇이고 어디에서 왔느냐?"

악쇼노프는 있는 그대로 대답하고는 물었다.

"같이 차라도 한잔 드시지 않겠습니까?"

그러나 관리는 끈질기게 캐묻기만 했다. 지난밤에 어디서 묵었는지, 혼자였는지 아니면 어떤 상인과 함께였는지, 아침에 상인을 보았는지, 왜 이른 시간에 객줏집을 떠났는지 등등…….

악쇼노프는 어째서 자기에게 이런 것을 묻는지 의아해 하면서도 있었던 일을 그대로 말하고는 물었다.

"왜 나에게 그런 것을 물어보시는 거죠? 나는 도둑도 강도도 아닙니다. 내 일을 보러 가고 있을 뿐이니 나는 대답할 것이 아무것도 없습니다."

그러자 관리는 큰 소리로 말했다.

"나는 군(郡) 경찰서장이다. 내가 너에게 이렇게 묻는 이유는 어젯밤 너와 함께 묵었던 상인이 참살을 당했기 때문이다. 가지고 있는 물건을 전부 꺼내 보아라. 그리고 너희는 그것을 뒤져 보도록 해라."

병사들은 집 안으로 들어가 악쇼노프의 가방과 자루를 가지고 나와서는 끈을 풀고 뒤지기 시작했다. 조금 뒤 경찰서장이 자루에서 칼 한 자루를 꺼내며 외쳤다.

"이건 누구의 칼이지?"

악쇼노프는 얼른 그쪽을 보았다. 그리고 자기의 자루에서 피 묻은 칼이 나온 것을 알고는 깜짝 놀랐다.

"왜 피 묻은 칼이 여기 들어 있지?"

악쇼노프는 대답하려고 하였으나 뭐라 말을 할 수가 없었다.

"나는……."

그러자 경찰서장이 말했다.

"그 상인은 아침 일찍 침상에서 참혹하게 살해당한 채로 발견됐다. 이런 짓을 할 사람은 너 말고는 아무도 없어. 문은 안에서 잠겨 있었고 집 안에는 너밖에 없었으니까. 이렇게 피 묻은 칼이 네 자루 속에서 나왔을 뿐만 아니라 네 얼굴로 보아도 그건 뻔한 사실이다. 자, 말해라. 어떻게 그를 죽였고 돈은 얼마나 훔쳤는지를."

악쇼노프는 그런 짓을 하지 않았다. 그래서 자신은 상인과 차를 마시고 난 뒤로는 그를 보지 못했고, 갖고 있던 8천 루블은 자기 돈이며 칼은 맹세코 자기 것이 아니라고 말했다. 그러나 사이사이 말을 더듬었고 얼굴은 창백하게 질려 있었으며 마치 죄인이라도 된 양 두려움으로 온몸을 부들부들 떨고 있었다.

경찰서장은 병사들을 불러, 그를 포박하여 달구지에 태우라고 명령했다. 자신의 두 다리가 묶여 달구지에 실리자 악쇼노프는 성호를 그으며 울음을 터뜨렸다. 그는 지니고 있던 물건과 돈을 압수당하고 가까운 도시의 교도소에 갇혔다.

한편 악쇼노프가 어떤 사람인지 알아보기 위해 블라지미르 시에 관리가 파견되었다. 블라지미르의 상인들과 주민들은 악쇼노프가 젊었을 적부터 술을 마시며 거칠게 굴기는 했지만 본래는 어진 사람이라고 입을 모았다. 어쨌든 그는 재판에 부쳐졌다. 랴자니의 상인을 죽이고 2만 루블의 돈을 훔친 혐의로 재판에 회부되었던 것이다.

남편이 처한 상황을 알게 된 악쇼노프의 아내는 가슴이 찢어지는 듯했고 어찌 해야 할지 몰라 애를 태우고 있었다. 아이들은 모두 아직 어린 데다 한 아이는 갓난아이였다. 그녀는 아이들을 모두 데리고 남편이 갇힌 교도소가 있는 도시로 갔다. 교도소에서 처음에는 좀처럼 남편을 만나게 해 주지 않았지만 그녀는 여기저기 상관들에게 탄원한 끝에 간신히 남편을 만날 수 있었다.

죄수복을 입고 강도들과 함께 묶여 있는 남편을 본 그녀는 그만 땅바닥에 쓰러져 한참 동안 정신을 차리지 못했다. 이윽고 그녀는 아이들을 곁에 불러 세우고 남편과 나란히 앉아 집안일을 이야기하며 그에게 일어난 일들에 대해 하나씩 묻기 시작했다. 그는 아내에게 모든 사실을 털어놓았다. 그녀가 물었다.

"이제 어떻게 한다죠?"

그는 말했다.

"황제 폐하께 탄원할 밖에……. 죄가 없는 사람이 죽을 수는 없어!"

아내는 이미 황제에게 탄원서를 냈지만 황제의 손에 들어가지 않았다고 말했다. 악쇼노프는 아무 말 없이 그저 고개를 떨구고 있을 따름이었다. 아내가 말했다.

"여보, 기억나요? 내가 그때 당신의 머리가 하얗게 된 꿈을 꾸었던 것은 예삿일이 아니었어요. 정말로 당신의 머리가 슬픔 때문에 하얗게 센 것을 보면요. 그때 당신은, 정말이지 가지 않았어야 했어요."

그녀는 그의 머리털을 찬찬히 살펴보며 말했다.

"여보, 나는 당신의 아내이니까 나에게 진실을 말해 주세요. 당신이 그런 짓을 한 것은 아니겠지요?"

"당신까지 나를 의심하고 있는 거로군!"

악쇼노프는 두 손에 얼굴을 파묻고 울음을 터뜨렸다.

이윽고 병사가 찾아와 아내와 어린아이들은 돌아갈 시간이 되었다고 말했다. 악쇼노프는 마지막으로 식구들과 작별 인사를 나누었다.

아내가 떠나고 나서 악쇼노프는 아내와 나누었던 이런 저런 말들을 곱씹어 보았다. 아내마저 자기를 의심하며 상인을 죽였느냐고 물었던 것을 떠올리며 그는 중얼거렸다.

"신 말고는 아무도 진실을 알 수 없을 것 같다. 그저 신에게 빌며 자비를 기다릴 수밖에……."

그 이후로 악쇼노프는 청원서를 내는 일을 그만두고 기대를 거는 것도 포기한 채 다만 신에게 기도할 뿐이었다. 그는 곤장 백 대와 징역형에 처한다는 선고를 받았다. 그 선고는 그대로 실행되었다.

그는 곤장 백 대를 맞은 뒤 그 상처가 아물 무렵 다른 징역수들과 함께 시베리아로 추방되었다.

악쇼노프는 시베리아의 감옥에서 이십오 년 동안 살았다. 그의 머리털은 눈처럼 하얗게 되었고 턱수염도 수북이 자라 허옇게 세었다. 쾌활함은 흔적도 없이 사라져 버렸다. 허리가 굽었으며 걸음걸이는 차분해졌다. 말수가 줄었고 결코 웃는 일이 없었으며 시시때때로 신에게 기도했다.

감옥에서 악쇼노프는 장화 만드는 법을 익혀 그것을 팔아 번 돈으로 체치이-미네이(교회력에 맞춘 성자전(聖者傳)—옮긴이)를 사서 감방 안에 빛이 드는 시간 동안 읽었다. 그리고 축일마다 감옥의 교회에 다니며 사도행전을 읽기도 하고 성가대에 끼어

노래를 부르기도 했다. 그의 목소리는 예전과 다름없이 무척 듣기 좋았다.

그의 겸손함 때문에 관리들은 그를 좋아했고 죄수들도 그를 존경하며 '할아버지'니 '신인(神人)'이니 하고 불렀다. 감옥 안에서 일어나는 일로 무언가 청원이 있다든가 할 때면 죄수들은 언제나 악쇼노프를 관리들에게 보냈다. 또 죄수들 사이에서 말다툼이 일어나면 그들은 으레 악쇼노프를 찾아와 잘잘못을 가려 달라고 하는 것이었다.

집에서는 아무도 악쇼노프에게 편지를 부치지 않아, 아내며 자식들이 살아 있는지 어떤지조차 알 수 없었다.

어느 날, 새 죄수들이 감옥으로 호송되어 왔다. 저녁에 고참 죄수들은 신참들의 둘레에 모여들어 그들에게 너는 어느 도시 혹은 마을 출신이냐, 그리고 무슨 사건으로 여기에 왔느냐 하는 것을 묻기 시작했다. 악쇼노프도 신참 죄수들 가까이에 있는 널빤지 침상에 앉아 고개를 떨군 채 누가 무슨 말을 하는지 듣고 있었다.

신참들 가운데 한 사람은 키가 크고 건장한, 흰 턱수염을 짧게 깎은 한 예순 살쯤 되어 보이는 늙은이였다. 그는 자기가 붙잡힌 내력을 이야기했다.

"그래서 말이야, 나는 아무 죄도 없는데 이런 데로 끌려온 거야. 난 어자의 말을 썰매에서 풀어 주었을 뿐이라고. 그런데 그들은 내가 훔쳤다는 거야. 나는 말했어. '나는 단지 더 빨리 닿고 싶었을 뿐이다. 그래서 말을 놓아주었던 것이다.'라고……. 게다가 어자는 내 친구라고 말이야. 정말 있는 그대로 말했어. 그래도 그들은 아니라는 거야. 도둑질했다고들 말하는 것 아니겠어? 그러면서도 정작 내가 어디서 무엇을 훔쳤는지는 전혀 모르고 있는 거야. 나도 왕년에는 별의별 짓을 다 했으니까 진작 여기에 들어왔어야 했던 건지는 모르지만 그런 죄는 하나도 들춰내지 못했던 거지. 그리고 이제 와서 법이고 뭐고 없이 날 여기로 내쫓은 거야. 아니다. 실은 전에도 한 번 시베리아로 쫓겨 온 일이 있었어. 오래 있지는 않았지만."

"그건 그렇고, 자네는 어디에서 왔나?"

죄수들 가운데 한 사람이 물었다.

"나 말이야? 나는 블라지미르 시에서 왔어. 이름은 마카르라고 하고 부칭(父稱)은 세묘노비치라고 하지."

이 말에 악쇼노프는 고개를 들고 물었다.

"그럼, 세묘니치(세묘노비치를 빨리 부르는 것—옮긴이), 저 말야, 블라지미르 시에서 악쇼노프라는 상인의 집안에 관해서 뭐 들은 것 없나? 지금도 그 집안 사람들은 모두 살아 있나?"

"듣다마다! 부유한 상인들이지. 그런데 아버지가 죄도 없이 시베리아로 유형을 당했다던가 그렇다지, 아마. 그도 우리와 마찬가지로 죄가 많은 사람인 것 같아. 그건 그렇고 영감, 당신은 무슨 죄를 지어 여기에 왔나?"

악쇼노프는 자신의 불행에 대하여 말하고 싶지 않았다. 그는 한숨을 쉬고 말했다.

"나는 죄가 많아. 이십육 년째 징역살이를 하고 있네."

마카르 세묘노비치가 물었다.

"그래, 무슨 죄가 그리도 많아서……?"

"뭐, 그럴 만한 죄업이 있어서겠지."

악쇼노프는 그렇게 말하고 나서 더 이상 이야기하려 하지 않았다. 그러나 다른 죄수들이 신참에게 악쇼노프가 시베리아에 온 내력을 들려주었다. 그들은 누군가가 길에서 한 상인을 죽이고는 칼을 악쇼노프의 보따리 속에 몰래 넣어 두었기 때문에 그가 죄도 없이 형을 받게 된 것이라고 이야기했다.

마카르 세묘노비치는 이 이야기를 듣자 악쇼노프를 힐끔 쳐다보고는 두 손으로 무릎을 탁 치며 말했다.

"그것 참 묘하군! 정말로 이상야릇하단 말이야! 영감, 당신도 많이 늙었군요!"

사람들은 그에게 왜 그렇게 놀라느냐, 어디에서 악쇼노프를 만난 적이 있느냐고 물었다. 그러나 마카르 세묘노비치는 그것에는 대답하지 않고 이렇게 말했다.

"정말로 기적이야. 이보게들, 사람의 삶이란 어디에서 어떻게 누구를 만날지 모르는 법이야."

이 말을 듣자 악쇼노프는 어쩌면 이자는 누가 그 상인을 죽였는지 알고 있을지도 모른다는 생각이 들었다. 그래서 세묘노비치에게 물었다.

"이보게 세묘니치, 자네 말이야, 혹 이 사건에 관해서 들었거나 전에 나를 본 적 없나?"

"듣고말고! 땅은 귀로 차 있다('낮말은 새가 듣고 밤말은 쥐가 듣는다'와 비슷한 뜻의 러시아 속담—옮긴이)고 하잖나. 그런데 이미 오래전의 일이라서 들은 것을 다 잊어버리고 말았네."

마카르 세묘노비치가 대답했다.

"어쩌면 누가 그 상인을 죽였는지 들었을지도 모르겠군."

그의 말에 세묘노비치는 씩 웃으며 말했다.

"그야 자루 속에서 칼이 발견된 자가 죽인 건 뻔한 일 아닌가. 설사 누가 자네 자루 속에 칼을 몰래 집어넣었다손 치더라도 붙잡히지 않으면 도둑이 아니지. 그건 그렇고, 그럼 그자는 자네 머리맡에 서 있었을 것 아닌가? 자네도 잠결에 그 소리를 들었을 텐데……."

이 말을 듣는 순간 악쇼노프는 '바로 이자가 그 상인을 죽였구나!' 하고 생각했다. 그러고는 일어나서 그 자리를 떠났다.

그날 밤 악쇼노프는 한숨도 자지 못했다. 쓸쓸한 마음이 그를 짓눌렀고 여러 가지 생각이 떠올랐다. 아내의 모습, 마지막으로 집을 나서는 그를 배웅하던 그녀의 모습이 떠올랐다. 그는 생생하게 눈앞에 살아 있는 것 같은 그녀를 보았다. 그 얼굴과 눈을 보았고 자기에게 말을 걸며 웃는 그녀의 목소리도 들었다. 이윽고 아이들이 아직 어렸던 당시의 모습 그대로 머리에 떠올랐다. 한 아이는 외투를 입고 있었고, 다른 한 아이는 어머니의 품에 안겨 있었다.

젊고 쾌활했던 자신의 모습도 떠올랐다. 자기가 붙잡혔던 여인숙의 앞 계단에 앉아 기타를 치던 일, 그때 마음이 들떠 있었던 것도 생각났다. 곤장 백 대를 맞았던 형장, 형리, 주위의 군중, 쇠사슬, 죄수들, 이십오 년 동안의 감옥살이, 그간의 노쇠 등등이 떠올랐다. 그러자 차라리 목숨을 끊어 버릴까 싶을 정도로 비참한 심정이 악쇼노프를 내리눌렀다.

'모든 것이 다 그놈의 악당 때문이다.'

악쇼노프는 생각했다. 마카르 세묘노비치에 대한, 비록 자신이 파멸하는 한이 있더라도 원수를 갚고 싶은 증오가 그를 엄습했다. 하룻밤 내내 기도문을 읽었지만 마음을 가라앉힐 수 없었다. 낮에도 그는 마카르 세묘노비치에게 다가가지 않았고 그를 쳐다보지도 않았다.

그렇게 두 주일이 지났다. 밤마다 악쇼노프는 잠을 이룰 수 없었고 몸 둘 바를 모를 정도로 처량한 마음이 그를 덮쳤다.

어느 날 밤, 악쇼노프는 감옥 안을 걷다가 한 널빤지 침상 밑에서 흙이 떨어지는 것을 보았다. 그는 발을 멈추고 가만히 그것을 바라보았다. 그때 갑자기 마카르 세묘노비치가 침상 밑에서 쑥 튀어나오다가 놀란 얼굴로 악쇼노프를 쳐다보았다. 악쇼노프는 그와 얼굴을 마주치지 않을 양으로 그냥 지나가려고 하였다. 그러자 마카르가 그의 손을 꽉 움켜잡고는 말하기를, 자기가 벽에다 빠져나갈 구멍을 파고 있으며 날마다 사람들이 일하러 몰려갈 때 장화 속에 흙을 담아 길에다 뿌리고 있다고 말했다. 그는 말했다.

"영감, 잠자코 있어만 주게. 자네도 데리고 갈 테니까. 만일 발설하면 내가 곤장을 맞게 될 테고, 그러는 날에는 자네 역시 가만두지 않겠어. 죽여 버릴 거야."

악쇼노프는 눈앞에서 원수를 보며 증오로 온몸을 부르르 떨었다. 그는 마카르의 손을 홱 뿌리치며 말했다.

"나는 도망칠 것도 없고 죽을 일도 없어. 너는 이미 오래전에 나를 죽였으니까. 너에 관한 것을 말하고 말하지 않고 하는 것은 신의 마음에 달려 있어."

이튿날 죄수들이 일을 하러 끌려 나왔을 때, 감옥을 지키는 병사들은 세묘노비치가 흙을 뿌리고 있는 것을 목격하고는 감옥 안을 뒤져 구멍을 찾아냈다. 곧이어 그들의 상관이 감옥으로 찾아와 누가 구멍을 팠느냐며 죄수들을 전부 불러 모아 심문했다. 죄수들은 잠자코 서 있었다. 알고 있는 사람들도 세묘노비치를 고발하지 않았다. 만일 발각되면 그가 반죽음이 될 만큼 곤장을 맞으리라는 것을 알고 있었기 때문이다. 그러자 상관은 악쇼노프에게로 얼굴을 돌렸다. 그는 악쇼노프가 정직한 사람이라는 것을 잘 알고 있었다. 그가 말했다.

"늙은이, 너는 정직한 인간이다. 누가 그런 짓을 했는지 나에게 바른대로 말해라."

마카르 세묘노비치는 아무 일도 없었다는 듯이 천연덕스러운 얼굴을 하고 서서 상관의 얼굴을 쳐다보았다. 악쇼노프를 뒤돌아보거나 하지도 않았다. 악쇼노프의 손과 입술이 바르르 떨렸다. 한 마디도 입을 열 수가 없었다. 그는 생각했다.

'이자는 나를 파멸의 구렁텅이에 쳐 넣은 자다. 그런데 무엇 때문에 저런 자를 용서해야 하는가? 저런 자를 감싸 주다니, 그럴 수는 없다. 내가 받은 고통에 대한 앙갚음으로 저자도 고통을 받게 해야 한다. 이름을 대기만 하면 저자는 곤장을 맞을 것이 틀림없다. 그런데 만일 그럴 만한 이유도 없이 저자에게 혐의를 둔다든가 하면 어떻게 하지? 또, 그렇게 한다고 해서 내 마음이 편해질까?'

상관은 다시 한 번 추궁했다.

"자, 어때, 사실대로 말하는 게 좋을 거야. 누가 구멍을 팠지?"

악쇼노프는 세묘노비치를 힐끗 본 뒤 대답했다.

"나는 보지도 못했고 알지도 못합니다."

이렇게 하여 결국 누가 구멍을 팠는지 밝혀지지 않은 채 이 일은 넘어가고 말았다.

이튿날 밤, 악쇼노프가 널빤지 침상 위에 누워 막 잠이 들려던 참이었다. 악쇼노프는 누군가가 다가와 자신의 발치에 앉는 것을 느꼈다. 어둠 속에서 찬찬히 보니 그것은 마카르 세묘노비치였다.

악쇼노프는 말했다.

"나한테 또 무슨 볼일이 있지? 여기에서 뭘 하고 있는 거야?"

세묘노비치는 잠자코 있었다. 악쇼노프는 몸을 일으키며 말했다.

"어쩌자는 거야? 저리 가! 그렇게 하지 않으면 병사들을 부르겠어."

세묘노비치는 악쇼노프에게로 가까이 몸을 구부리고 속삭이듯이 말했다.

"이반 드미트리예비치, 나를 용서하시오!"

"내가 왜 너를 용서해야 하지?"

"실은 내가 그 상인을 죽였소. 칼도 내가 당신의 자루에 몰래 집어넣었고. 당신도 죽이려고 했지만 그때 마침 마당에서 인기척이 있어 그만두고 칼을 자루 속에 집어넣은 다음 창문으로 기어 나갔지."

악쇼노프는 잠자코 있었다. 뭐라고 해야 할지 몰랐다. 세묘노비치는 침상에서 내려와 땅에 엎드리더니 말했다.

"이반 드미트리예비치, 나를 용서하시오. 제발 나를 용서해 주시오. 그 상인을 죽인 것은 나라고 해명하겠습니다. 그러면 당신은 사면을 받아 집으로 돌아갈 수 있을 것이오."

그러자 악쇼노프가 입을 열었다.

"너는 그런 말을 그렇게 쉽게 할 수 있지만 나로서는 고통을 견뎌 낸다는 것이 어떤 것이었는지 알기나 하나? 이제 와서 도대체 날더러 어디로 가라는 거지? 마누라는 죽어 버렸고 자식들은 나를 잊어버렸어. 대체 내가 어디로 가야 한다는 거야?"

마카르 세묘노비치는 몸을 일으키지 못한 채 머리를 바닥에 찧으며 말했다.

"이반 드미트리예비치, 용서하시오! 나는 곤장을 된통 맞았을 때보다도 지금 이렇게 당신 얼굴을 쳐다보는 것이 훨씬 더 괴롭소. 당신은 그래도 나 같은 것을 가엾게 여기고 감싸 주었소. 제발 용서해 주시오! 짐승만도 못한 악당인 나를 용서하시오!"

그는 흐느끼기 시작했다.

악쇼노프는 세묘노비치가 우는 것을 보고는 울음을 터뜨리며 말했다.

"신이 자네를 용서하겠지. 어쩌면 내가 자네보다 백 배 더 나쁜 인간일지도 몰라!"

갑자기 그의 마음이 가벼워졌다. 그 순간 그는 더 이상 집을 그리워하지 않게 되었으며 감옥 말고는 어디로도 가고 싶지 않다고 생각했다. 그리고 그저 마지막 순간만을 생각했다.

마카르 세묘노비치는 악쇼노프가 말리는 것도 듣지 않고 자기가 진범이라고 해명했다. 그러나 악쇼노프에게 집으로 돌아가도 좋다는 허가가 내렸을 때, 악쇼노프는 이미 이 세상 사람이 아니었다.

민중의 언어로 전하는
가장 위대한 진리

강혜원 _ 전 서울 상암고등학교 국어 교사

인생을 관통하는 가장 큰 물음표

'우리는 왜 사는 걸까? 또 어떻게 살아야 하는 것일까? 인생에서 가장 중요한 가치는 무엇일까?'

누구나 한 번쯤은 해 봤음직한 고민이지만 선뜻 대답이 나오지 않는다. 어느 시인의 말대로 왜 사냐건 그저 웃으며 머리를 긁적일 수밖에……. 이 짧지만 어려운 질문 때문에 여러 종교와 철학, 예술 작품 등이 탄생하고 발전했으며, 수많은 사람들이 나름의 해답을 제시하기도 했다.

어린 시절 부모님이나 선생님이 들려주던 옛날 이야기 속에도 세상에서 무엇이 가장 소중하고, 또 어떻게 살아야 하는지에 대한 물음과 그 답이 들어 있었다.

바람을 다스리는 왕에게는 세 아들이 있었다. 어느 날 왕은 아들들을 불러 앉혀 놓고 말했다.

"얘들아, 이제부터 인간 세상으로 여행을 다녀오너라. 여행을 하면서 자신이 생각하기에 세상에서 가장 소중하고 빛나는 것이 무엇인지 찾아 보렴. 무엇을 찾아오는지 보고 한 사람을 결정해 왕위를 물려주겠다."

이렇게 해서 세 아들은 소중한 것을 찾아 인간 세상으로 여행을 떠났다.

첫째 아들은 부잣집 주인이 허리에 차고 있는 열쇠를 찾았다. 집 열쇠, 곳간 열쇠, 금고 열쇠, 장롱 열쇠 등이었다. 둘째 아들은 병들어 죽어 가는 사람에게 약을 지어 주는 약국에 갔다. 그곳에는 약을 지을 때 쓰는 저울이 빛나고 있었다. 둘째는 사람의 생명을 구하는 그 줄이 세상에서 가장 소중하다고 생각했다. 셋째 아들은 형들과는 달리 가난한 동네로 가 보았다. 그는 어느 남루한 오두막에서 반짝거리는 무언가를 보았다. 그것은 서로를 바라보고 있는 엄마와 아이의 눈동자였다. 그 네 개의 눈동자에는 서로를 향한 사랑이 가득 담겨 있었다.

자, 그렇다면 세 아들 중 누가 왕좌를 물려받았을까? 바람의 왕은 모자의 빛나는 눈동자를 발견한 셋째 아들에게 왕위를 물려주었다.

미국 폴리오 소사이어티 출판사에서 출간한 톨스토이 단편 모음집. 톨스토이가 일생 동안 쓴 쉰다섯 편의 단편과 톨스토이의 일생에 대한 이야기가 총 세 권의 책에 담겨 있다.

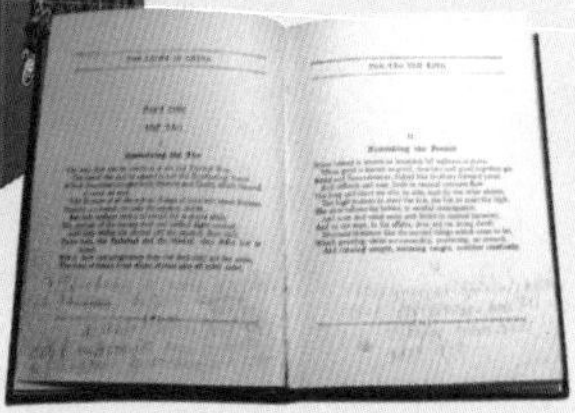

톨스토이가 읽던 책. 책을 읽으며 떠오른 생각을 여백에 빼곡히 적어 놓았다.

이 짧은 이야기는 우리가 살아가면서 무엇을 중요하게 여겨야 하고 나아가 어떻게 살아야 하는지를 묻는다. 그리고 사람마다 그 기준이 다르다는 것을 보여 준다.

그런데 정말 돈이나 생명보다 사랑이 소중한 것일까? 경제적인 안정과 건강한 신체가 보장되어야만 사랑도 존재하는 것이 아닐까? 어째서 셋째 아들이 왕위를 물려받은 것일까? 이야기를 읽으면서 고개를 갸웃거렸다면 세계적인 대문호이자 사상가인 러시아 작가 레프 N. 톨스토이가 들려주는 여덟 편의 이야기를 만나 볼 필요가 있다.

러시아 민화를 바탕으로 기독교적 사상이 절묘하게 녹아 있는 이 특별한 이야기들 속에는, 우리가 인생을 살아가면서 맞닥뜨리는 커다란 물음표를 명쾌한 느낌표로 바꿔 줄 소중한 진리가 숨어 있다.

소박한 이야기 속에 담긴 진지한 사유

먼저 '어떻게 살 것인가?'라는 질문에 대한 톨스토이의 현명한 해법을 들어 보자.

단편 〈두 노인〉에는 성격이 판이하게 다른 두 주인공이 등장한다. 예핌은 술도 마시지 않고 담배도 피우지 않으며 욕설조차 해 본 일이 없는 강직한 성격의 소유자이다. 매사에 꼼꼼한 데다 책임감도 투철하다. 반면 옐리세이는 보드카도 마시고 코담배도 피우지만 겸손하고 느긋한 성격을 지녔다. 두 노인이 마음이 맞아 성지 순례를 떠나는데, 예루살렘으로 향하는 길에서 옐리세이는 흉년과 전염병으로 곤경에 처한 마을 사람들을 만난다. 그리고 그들을 돕는 데 순례 비용을 몽땅 써 버리고 만다. 그는 결국 순례를 포기하고 집으로 돌아온다.

도중에 헤어진 예핌은 계획대로 순례지에 도착하고 그곳에서 옐리세이와 똑같이 생긴 노인이 기도하고 있는 모습을 몇 번이나 목격한다. 집으로 돌아오는 길에 옐리세이의 선행을 알게 된 예핌. 그는, 자신은 순례지에 다녀오긴 했으나 신에게 더 가까이 다가간 사람은 옐리세이라고 생각한다.

톨스토이는 옐리세이가 보여 주는 삶의 자세를 통해 중요한 사실 한가지를 전달한다. 순례의 길을 떠나면서 친구 예핌이 집안일 하나하나를 시시콜콜 이르는 반면 옐리세이는 한두 가지만 당부하고 떠난다. 두 노인이 각자 집으로 돌아왔을 때 옐리세이의 집안은 별 탈 없이 잘 돌아가고 있었지만 예핌의 집에는 여러 문제들이 생겨나 있다.

여기서 우리가 주목할 점은 삶을 대하는 낙관적인 자세이다. 사사로운 근심이나 염려는 자신을 괴롭히는 괜한 기우일 뿐이

낯선만큼 흥미로운 러시아 전통 문화

루바슈카

러시아에서 남자들이 입는 전통적인 웃옷을 말하며 원래는 농민의 작업복을 일컬었다. 루바슈카 위에 '캄조르'라는 조끼 모양의 옷과 '카프탄'이라는 겉옷을 입는다. 루바슈카를 입고 갖가지 색실로 짠 아름다운 허리띠를 매는데 이는 부적의 역할을 하기도 한다. 여성들이 입는 옷은 '사라판'이라고 하며, 붉은 사라판은 결혼 예복으로 쓰였다.

크바스

러시아의 전통 음료. 마른 호밀빵이나 보리에 이스트와 설탕을 첨가해 발효시켜 만든다. 맥주의 일종이지만 알콜 함량이 낮고 톡 쏘는 느낌이 없다. 감기와 고열이 발생할 때 먹는 약용으로 사용되었으며 콜레라나 괴혈병 예방에도 효과가 뛰어나다고 알려져 있다. 전통적인 방식으로 집에서 만드는 게 대부분이었으나 요즘에는 기업에서 대량으로 만들어 판매한다. 러시아에서는 콜라보다 인기가 많다.

페치카

러시아를 비롯한 북유럽 지역에서 사용하는 전통적인 방식의 난로. 벽면의 일부로 만들어져, 불에 데워진 벽돌에서 발생하는 열이 오랜 시간 동안 실내를 따뜻하게 만든다. 열용량이 커 추운 지역에 알맞은 난방 형식이다. 페치카를 이용해 음식을 만들기도 하는데 그때 생긴 연기는 벽돌의 틈을 통해 굴뚝으로 빠지도록 되어 있다.

고, 긍정적인 생각은 자신은 물론 주위 사람들을 행복하게 만든다는 사실이다.

옐리세이는 자신보다 형편이 나은 예핌이 순례 비용이며 집안일 등으로 떠날 것을 망설일 때 떠나야 할 기회를 놓쳐서는 안 된다고 말한다. 또 순례지로 가는 도중 어려운 이웃을 만나자 주저없이 그들을 돕는다. 그는 눈앞의 순간이 중요하다는 사실을 알고 있었다. 그리고 신을 섬기고 인간을 사랑하는 것은 어떤 형식이나 의식에 있는 것이 아니라 내가 가진 것을 스스럼없이 베풀 줄 아는, 진정으로 사람을 사랑하는 마음에 있다는 사실도 이미 알고 있었다. 그렇기 때문에 순례지에 도착해 기도를 올리는 것보다 당장 죽어 가는 사람을 돕는 게 더 중요하고 가치 있는 일이라고 판단했던 것이다.

〈세 가지 물음〉에도 같은 교훈이 나온다. 황제는 '일을 하는 데 있어서 언제가 가장 좋은 때이며, 어떤 사람들이 가장 필요하고, 어떻게 해야 일을 그르치지 않는가.'라는 세 가지 물음의 답을 얻고 싶어 하지만 명확한 답을 찾지 못해 마지막으로 이름 높은 은사를 찾아간다. 은사가 하고 있던 농사일을 거든 황제는 원수에게 목숨을 잃을 위기를 넘긴다. 이때 은사는 말한다. 가장 중요한 때는 지금이고, 가장 중요한 사람은 눈앞에 있는 사람이며, 가장 중요한 일은 그 사람에게 선을 행하는 것이라고.

'지금'이 중요하다는 사실은 누구나 알고 있는 보편적인 진리이다. 그렇기 때문에 가장 쉽게 잊혀지기도 한다. 과거에 대한 아쉬움, 미래에 대한 불안 때문에 현재의 소중함을 놓치고 있는 건 아닌지 한 번쯤 돌아볼 필요가 있다.

중학교 2학년 국어 교과서에 실려 있는 〈모든 순간이 꽃봉오리인 것을〉 라는 시에 담긴 의미 역시 이러한 진리와 일맥상통한다. 정현종 시인이 쓴 이 시는 삶의 모든 순간이 가치 있다는 사실을 깨닫고 지금 이 순간과 눈앞의 존재에 최선을 다하라는 주제를 담고 있다.

> 나는 가끔 후회한다,
> 그때 그 일이
> 노다지였을지도 모르는데…….
> 그때 그 사람이
> 그때 그 물건이
> 노다지였을지도 모르는데…….
> 더 열심히 파고들고
> 더 열심히 말을 걸고
> 더 열심히 귀 기울이고
> 더 열심히 사랑할 걸…….
>
> 반벙어리처럼
> 귀머거리처럼
> 보내지는 않았는가,
> 우두커니처럼…….
> 더 열심히 그 순간을
> 사랑할 것을…….
>
> 모든 순간이 다아
> 꽃봉오리인 것을,
> 내 열심에 따라 피어날
> 꽃봉오리인 것을!

탐욕이 부르는 위험을 경고하다

명예나 지위, 귀족 문화를 싫어하고 민중들의 소탈함을 사랑했던 톨스토이는 물질만을 쫓는 현상에 대해서도 강하게 비판한다. 그는 물질이 인간을 유혹해 삶을 황폐하게 만든다고 믿었다. 이와 관련된 작품을 만나 보자.

〈두 형제와 황금〉은 선한 삶을 사는 형제의 이야기다. 우연히 황금 더미를 발견한 형과 동생은 각자 다른 행동을 보인다. 동생 이오안은 황금을 보자마자 도망친다. 반면 형 아파나시는 황금이 죄를 짓게 할 수도 있지만 선을 만들 수도 있다고 생각하고 황금을 가져다가 어려운 사람들을 돕는다. '동생이 금을 피해 도망친 것은 옳은 판단이 아니다. 내가 한 일이 더 옳지 않을까?'라고 생각하며 집으로 향하는 아파나시 앞에 천사가 나타난다. 천사는 황금을 피해 간 동생을 칭찬하면서 황금을 주워 가난하고 병든 이들을 도운 형은 악마의 유혹에 넘어간 것이라고 꾸짖는다. 순간 아파나시는, 신과 사람을 위해 진정으로 일하는 것은 황금을 통해서가 아니라 오직 노동에서 비롯된다는 것을 깨닫는다.

이 이야기를 읽고 고개를 갸웃거릴 사람이 있을지도 모른다. 그냥 두면 어차피 다른 누군가가 가질 황금으로 좋은 일을 한 것이 정말 잘못한 것일까? 못 본 척 도망가 버린 동생이 더 나쁘지 않을까? 그러나 우리 주위에서 돈 때문에 일어나는 수많은 갈등과 무서운 범죄들을 생각해 보자. 다행히 아파나시는 유혹을 이기고 다시 낡은 옷을 입고 동생을 찾아갔지만 돈이 가져다주는 힘을 맛본 사람들은 계속 그 안에서 허우적댈 것이 분명하다.

〈사람에게 많은 땅이 필요한가〉의 파홈 역시 마찬가지 경우이다. 자신이 가진 땅에 만족하지 못하고 욕심을 부리다가 결국 죽음에 이르는 농부 파홈. 처음에 그는 빚을 조금 내어 땅을 사고 그 덕에 살림이 늘어 흡족해한다. 그러나 얼마 지나지 않아 또 욕심이 생겨 자신이 가진 것이 부족하다는 생각을 한다. 그러던 중 그는 바슈키르라는 곳에 가면 적은 돈으로도 많은 땅을 살 수 있다는 이야기를 듣는다. 바슈키르에 간 파홈은 하루치 땅을 1000루블에 사기로 한다. 해가 뜰 때 출발해서 해가 지기 전까지 출발했던 곳으로 돌아오면 그가 밟은 땅이 전부 그의 차지가 되는 것이다. 물론 해가 지기 전까지 돌아오지 못하면 돈을 찾지 못한다. 좀 더 많은 땅을 차지하려고 숨이 턱까지 차도록 달리던 파홈은 해가 지기 직전 출발점으로 돌아오긴 하나 순간 숨이 끊어지고 만다.

바슈키르는 실제로 러시아 중서부에 있는 인구 사백만 명의 공화국이다. 우랄산맥 남부, 해발 400m의 구릉지에 자리 잡고 있다. 토양이 비옥해 농작물이 잘 자라며, 광물 또한 풍부하다.

조금 부족한 듯하지만 행복하고 건실하게 살았던 그가 땅에 욕심을 가지기 시작하면서 모든 것이 달라진다. 행복도 사라지고, 이웃 사람들과는 다툼이 일어난다. 하루 종일 걸어서 표시한 곳이 모두 그의 땅이 된다는 말에 끝까지 욕심을 버리지 못하던 그는 조금 더 넓은 땅을 가지려다가 결국 죽음에 이르고 만다. 그가 차지한 땅은 관이 묻힌 고작 이 미터 정도에 불과했다.

현재 우리가 살고 있는 사회가 모든 사람들을 파홈처럼 만들고 있는 건 아닌지 생각해 볼 필요가 있다. 많은 사람들이 지금 가진 것보다 물질적으로 조금 더 풍요로워지면 행복해질 거라 생각한다. 실제로 돈이 있으면 많은 것을 누릴 수 있다. 맛있는 음식과 화려한 옷, 좋은 집, 멋진 차……. 그렇지만 인간의 물

톨스토이를 흠모한 우리나라 작가

톨스토이는 전 세계 문인들에게 많은 영향을 주었다. 우리나라도 예외는 아니다. 톨스토이에게 특별한 관심을 보인 우리나라 작가는 누가 있을까?

육당 최남선(1890~1957)과 춘원 이광수(1892~1950).

육당 최남선은 1908~1914년 사이에 톨스토이의 사상을 소개하는 십여 편의 글을 번역하여 잡지 《소년》에 발표하였다. 그는 《전쟁과 평화》를 '세계 전쟁 문학에 한 획을 그은 대작'이라고 평가하였으며, 《부활》을 우리나라 최초로 번역하기도 하는 등 톨스토이와 그의 작품에 남다른 애정을 보였다. 그는 톨스토이의 문학이 지닌 중요한 교훈으로 '정의'와 '선'을 꼽으면서 〈사람은 무엇으로 사는가〉를 비롯한 단편들을 '인간의 덕성과 인격의 배양에 필요한 작품이라고 극찬했다.

여러 연구자들도 영향 관계를 언급하고 작가 자신도 톨스토이의 영향을 받았다고 고백하는 또 한 명의 작가가 바로 춘원 이광수다. 이광수는 1948년 형무소에 수감되었을 때 쓴 〈나의 고백〉이라는 글에서 '나는 중학교 3학년일 때 성경을 배웠고, 또 톨스토이의 저서를 애독하여 그의 무저항주의에 공명하였다. 또 그로부터 십 년쯤 지나서는 간디의 무저항운동에 심취하였거니와 이것은 아마 내가 동학에서 배운 정신의 터가 된 것일 게다.'라고 톨스토이와 그의 사상을 향한 마음을 밝히고 있다. 그는 1914년 시베리아의 치타에 일곱 달가량 머물면서 러시아 어를 공부했으며, 1923년에는 톨스토이의 소설 《어둠의 힘》을 번역하기도 하는 등 톨스토이에 지대한 관심을 보였다. 심지어 톨스토이의 영향으로 기독교와 불교, 도교 등의 사상에 심취하기도 했다.

少年

최남선이 만든 잡지 《소년》의 창간호(1908).

두 작가의 작품 곳곳에서 인류애, 박애 정신 등을 찾을 수 있긴 하지만 그들이 톨스토이의 영향을 오롯이 받았다고 인정하기는 어렵다. 그들의 삶이나 작품이 톨스토이처럼 치열하지 못했을 뿐더러 친일 행적이라는 치명적인 역사적 과오를 저질렀기 때문이다.

욕은 끝이 없다. 그리고 그것을 아무 생각 없이 채우려다 보면 파홈처럼 허망한 결론에 닿을 게 분명하다. 사람이 편하고자 만들어 놓은 수많은 물질과 편의에 도리어 사람이 지배를 당하게 되는 것이다. 그렇기 때문에 끝없이 욕망을 부추기는 현대 사회를 살아가는 우리에게 톨스토이가 전하는 물질에 대한 경고는 더욱 절실하게 와닿는다.

사랑만이 우리를 구원하리라

책에 실린 작품들은 물론이고 톨스토이가 평생에 걸쳐 쓴 단편들의 모든 주제를 아우르는 단 하나의 진리, 그것은 바로 사랑이다. 이 책의 표제작이자 톨스토이의 단편 중 가장 유명한 〈사람은 무엇으로 사는가〉에는 이 진리가 가장 명확하게 드러나 있다.

〈사람은 무엇으로 사는가〉에 등장하는 세몬은 가난한 구두장이다. 어느 날 그는 길가에 쓰러져 있는 벌거숭이 젊은이 미하일을 만난다. 못 본 척 돌아서던 세몬은 신의 사랑을 생각하며 그를 구해 주고 집으로 데려와 구두 만드는 일을 가르친다. 잘 웃지도 않고 신상 얘기도 하지 않지만 구두 만드는 솜씨는 날로 훌륭해지는 미하일. 덕분에 세몬은 수입도 늘고 살림도 풍족해진다.

그러던 어느 날 건장한 신사가 장화를 주문하러 온다. 미하일은 장화 대신 슬리퍼를 만드는 실수를 하지만 곧 신사의 하인이 돌아와서 그 신사가 죽었으니 죽은 사람에게 신기는 슬리퍼로 바꿔 달라고 한다. 미하일의 선견지명에 세몬은 크게 놀란다.

미하일이 세몬의 집에 온 지 육 년쯤 지났을 무렵, 한 여인이 쌍둥이 여자 아이들을 데리고 와 가죽 구두를 만들어 달라고 한다. 둘 중 한 아이는 절름발이다. 아이의 엄마가 죽으면서 아이를 향해 쓰러졌는데 그 밑에 깔린 탓에 그렇게 되었다는 것이다. 여인은 자신의 아이는 어려서 세상을 떠나고 이 아이들을 보살피면서 살아가고 있다고 한다. 또 이 아이들이 없었다면 살아가기 힘들었을 거라고 덧붙인다. 그때 미하일은 지금껏 숨겨 왔던 비밀을 털어놓는다.

자신은 원래 하늘의 천사인데, 신의 노여움을 사 세 가지 물음의 답을 알 때까지 지상에 머무르게 되었다는 것. 그 물음은 바로 '사람의 마음속에는 무엇이 있는지, 사람에게 주어져 있지 않은 것이 무엇인지, 사람은 무엇으로 사는지'이다.

미하일은 헐벗고 굶주린 자기를 가련하게 여기는 세몬의 아내를 보며 싱긋 웃는다. 사람의 마음속에는 사랑이 있다는 첫 번째 답을 찾은 것이다. 자신도 가난과 굶주림 속에 있지만 더 어려운 사람에게 연민을 느끼고 도와주고자 하는 사랑.

곧 죽을 사람이 자기가 죽을지도 모르면서 일 년 동안 실밥이 터지지 않는 튼튼한 장화를 지어 달라고 했을 때 미하일은 '이 사람은 오늘 저녁 안에 죽는다는 사실을 모른 채 일 년을 준비하고

세계 여러 나라에서 출간된 톨스토이 단편집. (왼쪽부터) 러시아, 미국, 일본 판본.

톨스토이, 동양 사상에 취하다

평생 동안 인간에 대한 관심을 놓지 않았던 톨스토이는 말년에 여러 동양 사상에 심취하였다. 특히 노자를 알고 나서 큰 충격을 받았다. 인생의 의미를 고통스럽게 탐색하면서 세계관에 혼란을 느끼던 그에게 노자의 무위(無爲, 인위적인 노력을 하지 않아야 원하는 것을 이룰 수 있다는 뜻)사상은 한 줄기 빛과 같았다. 인간을 자연의 일부로서 받아들이고 인간에게 내재되어 있는 자연의 본질을 높이 평가하는 무위 사상에 톨스토이는 크게 매료되었다. 톨스토이는 노자를 제대로 공부하기 위해서 중국어를 배우려 시도하기까지 했다.

불교 사상도 상당한 경지까지 연구했다. 인간의 오욕에 대한 일화가 들어 있는 《비유경》을 읽고 감탄한 그는 채식 위주의 식사를 하기도 했으며, 무소유의 삶을 지향해 자신의 전 재산을 가난한 사람들에게 나누어 주려 했다. 그렇지만 이러한 톨스토이의 시도는 아내의 강력한 반대에 부딪혀 번번이 좌절되었다.

노자(老子). 도가를 창시한 중국 고대의 철학자.

있구나'라고 생각하면서 또 한 번 싱긋 웃는다. 사람에게는 자기 몸에 무엇이 필요한지 아는 힘이 주어져 있지 않다는 두 번째 물음의 답을 깨달았기 때문이다.

세 번째 물음에 대한 답도 알게 된다. 미하일이 가련하게 여겨 죽음을 미루려 했던 여인, 그러나 결국 죽고만 여인의 쌍둥이 두 딸은 피 한 방울 섞이지 않은 낯선 여인의 사랑으로 무럭무럭 자라고 있었다. 미하일은 '사람은 스스로를 살피고 염려하는 마음으로 살아가는 것이 아니라 사랑으로 살아가는 것'이라는 세 번째 물음에 대한 답을 얻는다.

이 이야기에서 미하일의 깨달음은 곧 독자들의 깨달음이 된다. 인간은 신처럼 전지전능한 존재가 아니며 영원히 살 수 있는 존재도 아니다. 인간은 자신에게 필요한 것이 무엇인지, 자신에게 어떤 일이 일어날지 알지 못한다. 그 불안함 속에서 인간을 인간답게 만들고 세상을 구원하는 것은 결국 사랑이며, 사람은 오직 사랑 속에서 살아가는 것이라는 사실을 깨닫게 되는 것이다.

톨스토이가 말하는 사랑은 기독교적인 사랑, 즉 박애와 관용이다. 모든 사람을 평등하게 사랑하자는 의미를 담고 있는 박애는 톨스토이의 작품에서 이웃을 위해 봉사하고 선행을 베푸는 행동으로 나타난다. 또한 아무도 알아 주지 않는 희생을 가리키기도 한다. 관용은 다른 사람의 잘못을 너그러이 받아들이고 용서하는 마음이다.

〈신은 진실을 보지만 이내 말하지는 않는다〉에서 살인 누명을 쓰고 감옥에 갇힌 악쇼노프. 오랜 세월 동안 기도만으로 자신의 억울함을 달래 왔던 그는 감옥 안에서 진짜 살인자, 세묘노비치를 만난다. 악쇼노프는 자신에게 살인 누명을 뒤집어 씌운 세묘노비치를 용서하고 그의 허물을 감싸 준다. 그 모습에 감동한 세묘노비치는 눈물을 흘리며 자신의 죄를 참회한다.

이 책에 실린 단편들은 그 어느 작품보다 분명하게 톨스토이의 사상을 보여 준다. 욕심을 버리고 서로 나누고 베풀 때 샘솟는 사랑, 육체로 이루는 신성한 노동만이 사람이 살아가는 데 있어서 최고의 가치라는 톨스토이즘이 바로 그것이다. 그는 사유 재산을 인정하는 자본주의를 반대하였으며 공동으로 일하고 그 이익을 나누어 갖는 것이 올바르다고 여겼다. 사회적인 계급을 비판하고 지식인의 행태를 꼬집기도 했으며 당시 종교가 지닌 오류를 지적하기도 했다. 그에게 문학이란 우리의 삶과 동떨어진 품격 있는 예술이 아니라 실천적인 삶을 위한 토대였던 셈이다.

톨스토이에게 있어서 모든 진리는 사랑으로 귀결된다. 사랑은 천사를 일깨우고, 차갑게 식은 인간의 마음에 온기를 되살린다. 어려운 이웃을 보듬고 서로를 배려하도록 만든다. 사랑을 가지고 이웃과 인류를 위해 살아가는 것이 인생 최고의 목적이며 그 가운데 올바른 행복이 존재한다는 톨스토이의 신념은 우리 내면의 가장 근본적인 행복과 맞닿아 있다. 따라서 그의 작품을 읽으면 마음속 깊은 곳까지 그 울림이 느껴지는 것이다.

여러 나라의 언어로 번역된 톨스토이의 저서들. 모스크바의 톨스토이 박물관에 전시되어 있다.

서로에 대한 불신과 의심, 물질을 향한 끝없는 욕심에서부터 전쟁과 폭력, 굶주림 등 점점 더 각박해지고 흉흉해지는 현대 사회. 삶의 지표를 쉽게 잃어버릴 수밖에 없는 불안한 현실에서 톨스토이는 우리가 잊지 말아야 할 기본을 말한다. 이렇듯 가장 보편적이면서 가장 위대한 진리가 숨어 있기 때문에 그의 단편이 더욱 빛나는 것이 아닐까?

다채로운 구성 안에 숨은 교훈

톨스토이의 작품에 등장하는 인물들은 아무것도 알지 못하는 상태에서 어떤 상황을 겪고 교훈을 깨닫는다. 자칫 뻔하게 느껴질 법한 구성이지만 톨스토이는 다양한 방식으로 이야기를 변주해 이끌어 나간다. 일방적이고 무조건적인 방식으로 교훈을 전달하기보다는 등장인물의 상황이나 갈등을 통해 물음을 던지고, 그것이 해결되는 과정을 자연스럽게 보여 주면서 교훈을 전달한다.

이런 방식을 유형별로 나누면 더욱 확실히 알 수 있다. 이야기가 담고 있는 주제를 양파 껍질 벗기듯 한 꺼풀 한 꺼풀 드러내는 방식, 작가가 의도하는 물음과 대답이 이야기 속에 완전히 녹아 있는 방식, 물음을 던지고 등장인물이 그 대답을 찾아가는 직접적인 방식 등 짧은 이야기 안에서도 다채로운 구성의 재미를 찾아볼 수 있다.

〈사람은 무엇으로 사는가〉는 바로 첫 번째 구성이다. 천사 미하일은 신이 내린 세 가지 물음에 대한 답을 찾기 위해 세상에 버려진다. 하지만 독자들은 처음엔 그 이유를 알지 못한다. 미하일이 어떤 인물이며, 왜 사건이 일어나는지, 어째서 등장인물이 특정한 행동을 하는지 궁금하기만 할 뿐이다. 그러나 작가는 눈치 빠른 독자들만을 위한 힌트를 마련해 두었다. 미하일의 웃음이 그것이다. 미하일은 세 번 웃는다. 이야기 막바지에 이르러 비로소 우리는 미하일과 함께 신이 던져 준 물음에 대한 답을 알게 된다. 이런 방식은 이야기에 흥미를 떨어뜨리지 않고 읽어 나갈 수

서거 25주년과 탄생 150주년을 기념하는 톨스토이 우표.

스크린 속에서 되살아나는 톨스토이

귀족 집안에서 태어나 허름한 간이역에서 객사한 톨스토이의 삶은 한 편의 영화처럼 파란만장했다. 그래서일까. 실제로 미국에서 톨스토이의 일생을 담은 영화가 제작되고 있어 주목할 만하다. 영화 제목은 '마지막 정거장(The Last Station).'

〈사운드 오브 뮤직〉에서 일곱 아이들의 아버지인 본 트랩 대령으로 출연했던 크리스토퍼 플러머가 톨스토이 역을 맡았으며, '퀸'의 헬렌 미렌이 그의 부인 소피아 역을 맡았다. 또한 〈어느 멋진 날〉, 〈한 여름 밤의 꿈〉의 감독인 마이클 호프만이 총 지휘를 맡아 화제를 모았다.

미국 작가 제이 파리니가 1990년에 발표한 《톨스토이의 마지막 정거장》에 바탕을 두고 있는 이 영화는, 순수 제작비만 2천만 달러가 투입된 대작이다. 톨스토이의 문학 세계와 사상을 비롯하여 부인과 갈등을 겪은 말년에 초점을 맞추고 있으며 그의 가족들과 가까운 친구들에 대한 이야기도 다루고 있다.

〈마지막 정거장〉은 독일의 브란덴부르크와 라이프치히, 러시아 등지에서 대부분의 촬영을 마치고 2009년 봄에 미국에서 개봉할 예정이다.

톨스토이 부부가 산책하는 영화 속 한 장면.

톨스토이의 비서 역을 맡은 영국 배우 제임스 맥어보이. 영화에서 꽤 비중 있는 인물로 등장한다.

있도록 긴장감을 제공한다. 〈사람에게 많은 땅이 필요한가〉도 이런 구성에 속한다. 질문 형식으로 된 제목에 부합하는 답은 이야기의 마지막에 파훔이 죽는 부분에서 드러난다.

〈두 노인〉과 〈두 형제와 황금〉은 두 번째 방식으로, 특정한 질문을 던지지 않고 이야기를 펼쳐 나간다. 다른 성격을 지닌 두 사람이 어떤 일에 직면하고 어떻게 대처하는지 보여줄 뿐이다. 그러나 작가는 그 상황에 이미 질문과 답을 숨겨 놓고 있다. '자, 보세요. 어떤 삶이 진실하고 의미 있는 것인가요? 우리는 과연 어떻게 살아가야 하는 걸까요?'라고…….

애초부터 직접적인 물음을 던지고 답을 찾아가는 방식으로 〈세 가지 물음〉을 들 수 있다. 이 작품은 주인공인 황제가 세 가지 물음에 대한 답을 찾는 과정이 중심이다. 그는 직접 은사를 찾아가 그 해답을 물어보는데 그때 적절한 사건이 벌어지면서 자신이 원하던 답을 구하게 된다.

이야기 속에 공존하는 상반된 존재

톨스토이의 단편에는 천사와 악마, 두 형제, 두 노인 등 인물들이 대부분 둘씩 짝을 지어 등장하는 경우가 많다. 그런데 유심히 살펴보면 그들은 어떤 식으로든 대립된 관계 혹은 상반된 유형을 보여 준다.

선과 악은 천사와 악마의 모습으로 작품 속에 등장한다. 〈사람은 무엇으로 사는가〉에서의 미하일, 〈두 형제와 황금〉에서의 천사 등 특별한 존재들은 무지한 인간들에게 깨달음을 주는 중요한 역할을 한다.

반면 악마는 인간을 유혹해 타락의 구렁으로 몰아넣는다. 〈사람에게 많은 땅이 필요한가〉에서 파홈의 탐욕을 자극하고, 〈악마적인 것은 차지지만 신적인 것은 단단하다〉에서도 인간 내면에 감춰진 사악한 본성을 부추긴다. 〈지옥의 붕괴와 부흥〉에도 다양한 방면에서 자기 역할을 하며 인간 세상을 혼란에 빠뜨리는 악마들이 등장한다.

이렇듯 서로 상반된 모습으로 등장하는 천사와 악마는 어쩌면 우리 마음속에 하나의 모습으로 존재하는 감정일지 모른다. 우리가 삶의 진실을 깨닫고 성장해 가며 사랑을 베풀 때의 모습은 천사와 같지만, 타인에 대한 오해와 욕심, 이기심 등이 우리를 지배할 때면 악마와 다를 바 없다. 다시 말해 작품 속에서 선과 악, 천사와 악마는 독립적인 존재로 등장하지만 실은 언제라도 모습을 바꿔 나타날 수 있는 인간 내면의 본모습인 것이다.

톨스토이는 전혀 다른 성격의 두 인물을 등장시키기도 한다. 상반된 가치관 때문에 결국 다른 선택을 하는 〈두 노인〉의 옐리세이와 예핌, 황금에 대해 정반대의 태도를 취한 〈두 형제와 황금〉의 두 형제 등 사뭇 다른 두 인물을 통해 독자들은 어떤 삶이 더 올바른지, 내가 두 인물 중 하나라면 어떤 결정을 내렸을지를 곰곰이 생각해 볼 기회를 갖게 된다.

피해자와 가해자의 관계도 등장한다. 〈신은 진실을 보지만 이내 말하지는 않는다〉에서 악쇼노프와 세묘노비치가 그렇다. 악

러시아의 유명한 화가 일리야 레핀(1844~1930)이 그린 〈숲에서 쉬고 있는 톨스토이〉와 독서 중인 모습을 스케치한 그림(옆). 일리야 레핀과 톨스토이가 1908년에 함께 찍은 사진(위). 그는 톨스토이의 모습을 화폭에 즐겨 담았는데 그들은 실제로 절친한 사이였다.

쇼노프는 세묘노비치가 지은 죄를 뒤집어쓰고 이십오 년 동안이나 시베리아 감옥에 갇혀 있어야 했다. 그는 수형 기간 동안 끝없이 자신을 정화하여 성스러운 사람으로 변해 간다. 세묘노비치도 감옥에 들어오는데, 이전에 저질렀던 죄 때문에 온 것은 아니었기에 자신은 억울하게 끌려왔다고 말한다. 대화 도중 악쇼노프는 세묘노비치가 자기가 갇히게 된 사건의 진짜 범인임을 알게 된다. 그 때문에 악쇼노프는 지난 세월에 대해 고통을 느끼게 된다. 그는 세묘노비치가 탈옥하기 위해 흙을 파는 광경을 목격하지만 그를 밀고하지 않는다. 피해자가 자기 인생을 송두리째 엎어 버린 가해자를 용서한 것이다.

톨스토이는 이 두 사람의 행적을 통해 원수를 용서하고 받아들이는 사랑의 최고 단계를 보여 주려 한 게 아니었을까?

19세기 러시아의 정신적 허기를 채우다

톨스토이의 작품들은 가장 보편적인 삶의 문제와 종교 등을 다루고 있다. 그렇지만 톨스토이가 이웃에 대한 사랑과 선행을 그토록 강조한 것은 그가 살았던 19세기 말, 20세기 초의 러시아 사회가 그런 가치들을 절실히 필요로 했기 때문이다. 당시 러시아 인들의 내면에 자리잡은 고통을 해결하는 방법으로 톨스토이는 사랑을 생각했던 것이다.

톨스토이가 살았던 19세기의 러시아는 유럽의 다른 나라에 비해 구시대의 질서를 그대로 지닌 채 더디게 발전하고 있었다. 17세기 말 표트르 대제와 예카테리나 2세 등에 의해 근대 국가로 발돋움하기 시작했고, 18세기에는 영국, 프랑스와 더불어 유

톨스토이 박물관의 전경과 톨스토이 도서관 정문에 걸려 있는 현판. 두 곳 모두 톨스토이의 고향인 야스나야 폴랴나에 위치해 있다.

럽 5대 강국의 하나였으나 이후 더 이상 발전하지 못한 채 제자리걸음을 하고 있는 정치·경제 상황으로 인해 여러 문제점을 안고 있었다.

이후 영국은 산업 혁명으로 혁신적인 경제 발전을 시작하였고 프랑스는 시민 혁명으로 정치적 민주화의 길을 걸어가는 데 비해 러시아는 한동안 가혹한 농노제에 기반을 둔 후진적인 사회에 머물러 있었다.

톨스토이가 태어나기 삼 년 전인 1825년, 니콜라이 1세가 황제로 즉위했다. 보수적인 성향을 지녔던 그는 억압적인 정치를 폈고, 젊은 장교들은 이에 반발하여 폭동을 일으켰지만 곧 진압되었다. 니콜라이 1세는 대학을 감시하고 출판물을 검열했으며, 그리스 정교 이외의 모든 종교를 박해했다. 또한 비밀 경찰 제도를 만들어 사회 질서를 유지하는 등 강도 높은 전제 정치를 펴 나갔다.

이런 정치적 상황에서 농민들의 삶은 피폐할 대로 피폐해져, 변화를 요구하는 목소리가 날로 높아져 갔다. 1861년 농노의 해방령이 내려지는 등 위로부터 부분적인 개혁이 이루어지긴 했지만 러시아 사회는 생각보다 깊고 넓게 곪아 있었다.

톨스토이는 아이들의 순수함을 사랑했다. 아이들이 없는 세상을 상상하는 건 끔찍하다고 말할 정도였다. 러시아 아이들과 톨스토이의 모습을 담은 그림.

〈사람은 무엇으로 사는가〉의 첫 부분에서 우리는 당시 가난한 사람들의 실상을 고스란히 들여다볼 수 있다. 세묜은 농가에 세 들어 살고 있었으며 집도 땅도 가지지 못했다. 구두를 만들어 팔아 그 품삯으로 살아가는데 곡물은 비싸고 품삯은 헐해서 버는 것은 모조리 먹는 데 들어갈 수밖에 없었다. 농부에게 꾸어준 돈을 받아 모피 외투 하나 마련하려는 소망은 이 년 동안이나 계속되어 온 것이다.

톨스토이 사상을 실천하고자 세워진 톨스토이 학교. 러시아 내에는 백여 개가 넘는 톨스토이 대안학교가 있다.

〈두 노인〉에서 옐리세이가 순례길에서 만난 농가의 현실도 참담하기만 하다. 흉년이 들어 빈털터리가 된 사람들, 전염병에 걸려 죽어가는 사람들, 일거리조차 없어 동냥을 해야 하는 사람들……. 이는 19세기 러시아의 빈민, 농민들이 처한 현실이었다.

이런 현실을 제도의 개혁을 통해 변화시키려는 움직임이 있었다. 이 흐름은 러시아 혁명으로 이어진다. 반면 개개인의 정신적 개혁으로 사회의 모순을 해결해야 한다고 생각하는 사람들도 있었는데, 톨스토이는 후자에 속했다. 그는 러시아 사회의 모순이 깊어지고 가난한 사람들이 더욱 힘겨워질수록 신앙을 통한 사랑의 실천이 가장 중요하다고 믿었다. 그리고 사랑만이 모든 고난

짧은 이야기 속 깊은 지혜, 민화

까마득한 옛날부터 오늘날까지 민간에 전해 오는 옛날이야기를 민화라고 한다. 민화는 그 나라의 삶의 근원을 담고 있다. 설화나 전설 등도 비슷한 말로 쓰이지만 민화는 그보다 더 서민들의 현실을 생생히 담고 있다. 따라서 민화를 통해 당대 사람들의 생활 양식과 지혜를 엿볼 수 있다. 뿐만 아니라, 신비한 힘을 지닌 존재가 등장해 교훈을 전달하기도 한다.

민화는 각 나라마다 존재하는데 세계적으로 가장 유명한 민화는 바로 러시아 민화이다. 19세기 러시아의 민속학자 알렉산드르 니콜라예비치 아파나세프(1826~1871)는 독일 '그림 형제'를 귀감으로 삼아 러시아 민화 채집에 일생을 헌신하여, 1864년 대표적인 러시아 민화집 여덟 권을 완간했다. 이 민화집은 오늘날까지 세계 여러 나라에서 많은 사랑을 받고 있으며 민화를 분류하는 기준으로 쓰이기도 한다.

독일 민화집인 《그림 동화》는 독일에 전해오는 민간 설화를 그림 형제가 수집하여 편집한 민화집이다. 그림 형제는 민족적·민중적인 것을 강하게 지향하는 낭만주의의 흐름 속에서 민족의 문화 유산을 보존한다는 목적으로 민간에 구전되어 오던 옛날 이야기를 채집하였다. 《그림 동화》는 이후 여러 나라의 민화 수집 운동에도 큰 영향을 주었다.

이 밖에도 남미 민화집, 아프리카 민화집, 페르시아 민화집 등도 유명하다.

우리 나라 역시 각 지역별, 시대별로 다양하고 많은 민화가 존재한다. 흔히 '전래 동화'라는 명칭으로 잘 알려져 있으며, 주로 권선징악, 효자·효녀에 대한 내용이 대부분이다.

러시아 민화 속의 한 장면.

그림 형제.

그림 형제가 수집한 민화집 《그림 동화》.

동시대를 빛낸 두 거성

톨스토이와 우위를 가리기 힘들 만큼 문학적으로 뛰어난 러시아 작가 도스토옙스키. 두 사람은 19세기 러시아 문학을 대표하는 작가들이며, 살았던 시기도 비슷해 종종 비교 대상이 되곤 한다.

도스토옙스키가 빚을 갚기 위해 《죄와 벌》을 펴냈던 1866년, 톨스토이는 《전쟁과 평화》 둘째 권을 탈고했다. 도스토옙스키가 사망한 1881년 무렵에는 톨스토이는 정신적 혼란을 이겨내기 위해 기독교 사상에 심취하기 시작했다.

도스토옙스키의 초상화.

《죄와 벌》, 《부활》 등 두 작가의 대표작은 인간의 죄와 구원이라는 문제를 깊이 있게 파헤치고 있다는 점에서 문학사적으로 동일한 의미를 지닌다. 《죄와 벌》의 주인공 라스콜리니코프가 도스토옙스키의 분신이라 할 수 있는 것처럼, 《부활》의 주인공 네플류도프는 톨스토이의 분신과도 같다. 《죄와 벌》에서는 라스콜리니코프가 죄를 짓고 소냐는 시베리아까지 따라가 그를 도우며 새로운 삶의 길로 이끈다. 《부활》에서는 카튜사가 죄를 짓고 네플류도프가 카튜사를 따라 시베리아까지 가서 그녀의 감형을 돕는다.

《죄와 벌》의 러시아 판본.

그렇다면 두 작가의 차이는 무엇일까? 도스토옙스키의 작품은 인간의 내면 묘사에 뛰어나다. 등장인물들은 모순과 혼돈에 가득 차 있어 고뇌하고 갈등한다. 반면 톨스토이는 인간의 본질을 신과 같이 아름다우며, 결국 인간은 신의 사랑으로 살아가는 존재로 보았다. 또한 톨스토이의 작품은 서술이나 독백으로 이루어지지만 도스토옙스키는 인물 간의 대화를 통해 주제를 전달한다.

같은 시대 한 나라에 살았지만 둘은 한 번도 만난 적이 없었다. 그렇지만 두 작가는 서로의 작품에 대해 깊은 존경을 보이며 높은 평가를 내렸다. 도스토옙스키는 톨스토이의 《안나 카레니나》를 읽고 흥분하여 거리를 뛰어다니며 "톨스토이는 예술의 신이다."라고 외쳤다고 하며, 톨스토이 역시 도스토옙스키 작품에 대해 '인간 내면을 날카롭게 성찰했다.'고 극찬했다.

을 이겨내고 구원을 얻을 수 있는 유일한 방법이라고 생각했다.

실제로 톨스토이는 1890년 말 대기근이 러시아를 덮쳤을 때 러시아 중심 지역을 여행하며 가난한 사람들을 도왔다. 이 여행을 통해 경험하고 느낀 것들은 톨스토이의 여러 작품과 수많은 논문, 기고문 등에 고스란히 투영되어 있다.

현실과 이상의 괴리를 사랑으로 승화시킨 작가, 톨스토이

레프 N. 톨스토이는 1828년 러시아의 야스나야 폴랴나에서 백작 집안의 넷째 아들로 태어났다. 두 살, 아홉 살에 차례로 어머니와 아버지를 여의고 고모의 손에서 자랐으나 그가 열세 살 무렵 고모 역시 세상을 떠났다. 그는 어릴 적부터 다른 이의 불행을 마치 자신의 일인양 몹시 슬퍼하였는데, 심지어 자기가 쓴 이야기를 읽고 눈물을 흘릴 정도로 감수성이 예민했다.

열여섯 살에 카잔 대학 동양어학부에 입학했으나 학교에 적응하지 못하고 방탕한 생활을 일삼던 그는 스물세 살 무렵 형의 충고에 따라 군에 입대하여 오년 정도 복무했다. 군 생활 중 처녀작인 《유년 시대》를 썼으며 이 작품을 잡지 《동시대인》에 연재하면서 작가로서 첫발을 내딛게 되었다.

명성에 비해 무척이나 소박한 톨스토이의 무덤. 사치를 경멸했던 톨스토이는 비석조차 세우길 거부했다.

제대 후 톨스토이는 작품 발

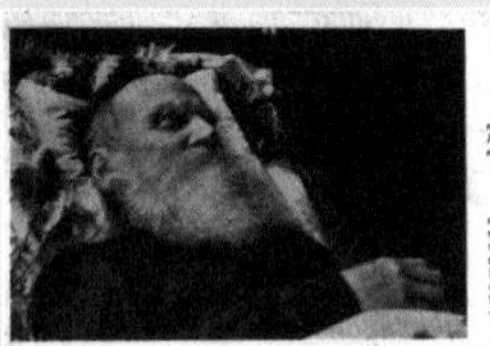

Левъ Николаевичъ Толстой
на смертномъ одрѣ.
Астапово, 7 Ноября 1910 г.

톨스토이가 마지막으로 숨을 거둔 아스타포보 역의 모습과 톨스토이의 죽음을 다룬 신문 기사.

표, 결혼, 학교 설립 등 그 어느 때보다 활발한 삶을 살았다. 특히 서른 살이던 그가 열여덟 살의 소피아 안드레예브나를 신부로 맞아 이룬 결혼 생활은 그에게 평온함과 활기, 구속과 답답함을 동시에 안겨 주었다.

결혼 후 고향으로 돌아온 톨스토이는 서른여섯 살인 1864년에 《전쟁과 평화》를 쓰기 시작했다. 그리고 삼 년여의 노력 끝에 마침내 총 세 권으로 이루어진 대작을 완성하였다. 이 작품은 귀족들의 생활과 국내외 전투 등 역사적 사건과 더불어 인간의 다양한 감정을 절묘하게 결합시킨 세계 최고의 문학 작품으로 평가 받는다. 작품을 완성한 뒤 밀려오는 공허감 속에서 톨스토이는 철학과 교육, 그리스 어 연구 등에 몰두했다. 그리고 이러한 혼란 속에서 그는 다시 《안나 카레니나》를 써 내려갔다.

그는 나이가 들수록 민중들을 위한 예술 작품을 쓰고자 노력했다. 삶의 방황과 절망을 구제한 것은 신앙과 민중이었기 때문이다. 신앙 속에서 삶의 길을 모색하던 그는 다양한 종교의 교리를 연구하기도 했으며 〈사람은 무엇으로 사는가〉를 비롯한 많은 단편들을 이즈음에 발표했다.

아내 소피아는 집안의 재산을 보호하고자 톨스토이의 저작권을 포함한 모든 재산권을 관리했다. 톨스토이는 물질에 집착하는 아내에게 크게 실망하였고, 두 사람은 끊임없이 마찰을 빚었다. 그러나 톨스토이 부부는 끝내 합의를 보지 못했다.

1899년에 톨스토이는 그의 대표작《부활》을 완성했다. 톨스토이의 자서전을 쓴 프랑스 소설가 로맹 롤랑은 이 작품을 두고 '인간에 대한 고민의 가장 아름다운 시'라고 극찬했다.

만년에 톨스토이와 가족들의 골은 더욱 깊어져만 갔다. 기독교적 이상주의를 실천에 옮길 수 없었던 그는 여든두 살이던 1910년 10월 아내에게 편지를 남기고 방랑의 길을 떠나기 위해 가출을 결행했다. 그러나 며칠 뒤에 병에 걸렸고, 결국 1910년 11월 7일 아스타포보라는 시골 기차역에서 쓰러져 숨을 거두고 말았다.

푸 른 숲
징 검 다 리
클 래 식
0 2 4

사람은 무엇으로 사는가

첫판 1쇄 펴낸날 2009년 1월 7일
23쇄 펴낸날 2024년 10월 25일

지은이 레프 N. 톨스토이 **옮긴이** 박형규
발행인 조한나
주니어 본부장 박창희
편집 박진홍 정예림 강민영
디자인 전윤정 김혜은 **마케팅** 김인진
회계 양여진 김주연

펴낸곳 (주)도서출판 푸른숲
출판등록 2003년 12월 17일 제2003-000032호
주소 경기도 파주시 심학산로 10, 우편번호 10881
전화 031) 955-9010 **팩스** 031) 955-9009
인스타그램 @psoopjr **이메일** psoopjr@prunsoop.co.kr
홈페이지 www.prunsoop.co.kr

ISBN 978-89-7184-804-3 44890
978-89-7184-464-9 (세트)